하루 한 편,
세상에서 가장 짧은
명작 읽기
1

하루 한 편,
세상에서 가장 짧은
명작 읽기

1

송정림 지음

위즈덤하우스

오빠의 다락방에서 굴러다니던 세계고전들을 읽었던 소녀 시절이 종종 떠오른다.

가장 먼저 읽은 책은 『제인 에어』다.

저녁 먹고 나서 읽기 시작했는데 밤이 지나 창가에 동이 하얗게 터왔다. 밤새 읽고 나서 마지막 책장을 덮는데 뭔가 내가 훌쩍 자라버린 느낌이었다. 거울 속 나의 눈이 조금 깊어진 느낌이었던 것도 기억난다.

그 후 고전 소설들을 닥치는 대로 읽었고, 내 인생이 바뀌었다. 명작 속 등장인물들은 인생과 사랑에 대처하는 나의 자세를 바꿔놓았다. 인생의 고난은 누구에게나 오는데 누가 도와주는

게 아니라 스스로 헤쳐나가는 것이라는 것을, 나에 대한 판단은 다른 사람이 하는 게 아니라 스스로 내면을 돌아보며 내가 나를 판단하는 것이라는 것을 그들을 통해 알게 되었다.

고전은 그렇게 매력적인 인생 동행자를 만나게 해준다.

흥미로운 볼거리가 쏟아져 나오지만, 컴퓨터만 켜도 휴대폰만 들어도 읽을거리가 가득하지만 그래도 나에게는 책이다. 책은, 직접 대면해서 좋다. 만질 수 있어서 좋다.

한 장 한 장 넘길 때 사각거리는 소리가 좋다. 내 안을 파고드는 명문장이 나오면 밑줄 긋고 메모해둘 수 있어서 좋다. 밑줄 그은 곳을 되뇌어보면 먼 시대와 먼 거리를 달려와 주인공이 내 옆에 있는 기분이 든다.

책 중에도 시간의 세례를 받은 소설을 특히 좋아한다. 시간을 이기는 것들은 강하다. 세월이 흘러도 사랑받는 책은 다 그 이유가 있다.

고전 속 인물들은 바로 우리 모습이다. 그들도 우리처럼 삶의 고비마다 사랑하고 웃고 울고 고뇌하며 흔들렸다. 우리는 그들의 인생을 커닝할 수 있다. 철학서가 직접적인 안내서라면, 명작

소설은 친구 같은 조언자다.

고전을 읽지 않으면 인생 고전한다는 말이 괜히 있는 것이 아니다. 고전을 통해 슬픔을 위안받는 감성 근육을 키워나가고 고전을 통해 고난을 헤치는 내공을 쌓아간다.

『명작에게 길을 묻다』라는 책을 이렇게 재탄생시키는 이유는 단 하나다.
길을 잃고 방황하는 삶의 고비에서 나침반을 쥐여주고 싶다.
당당하게 걸어갈 동행자를 만들어주고 싶다.

시간이 없어서 고전을 읽지 못하는 분들에게는 "이 고전은 이래서 좋다"는 추천을 하고 싶었다. 그래서 문학작품에 대한 소개를 적어두었다. 문학작품마다에 어려 있는 재미있는 에피소드나 알아두면 좋을 작가와 작품에 대한 정보도 적어두었다. 그 작품을 찾아 읽어보시라는 간곡한 마음에서다.

나처럼 당신도 고비의 순간마다 책을 들어 읽어보면 좋겠다.
그래서 살아갈 힘과 용기를 얻게 되면, 고전 속 주인공의 삶을 따라가다 보니 당신의 고민은 한낱 먼지처럼 작게 스러져버리면, 행복의 근원이 어디에 있는지 그 열쇠를 찾게 되면, 고전 속 주인공을 친구 삼아 춥고 험한 인생의 길에 동행자로 곁에 두게 되면……

　그러면 정말 기쁘겠다.

　　　　　　　　　　　　　　　　　　　　　　　　　송정림

차례

●

1장
파괴적이지만 아름다운 운명적 사랑 이야기

3장
운명의 소용돌이에 휘말린 인간의 이야기

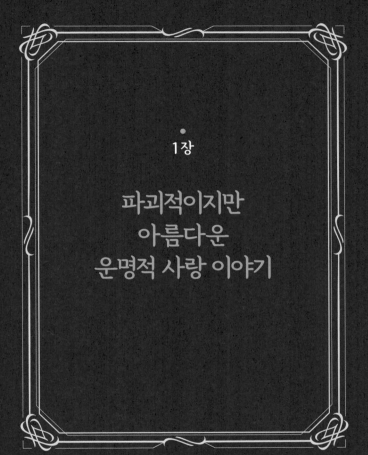

1장

파괴적이지만
아름다운
운명적 사랑 이야기

스콧 피츠제럴드
『위대한 개츠비』

☑ 그에게 '위대한'이라는 수식어가 붙은 이유

작가의 자서전 같은 『위대한 개츠비』

『위대한 개츠비』는 스콧 피츠제럴드Francis Scott Fitzgerald, 1896~1940
가 스물아홉 살에 발표한 소설이다. 사랑의 꿈에 젖어 살다 그 환상
속에서 파멸한 이 소설의 주인공 '개츠비'와 피츠제럴드는 여러 면에
서 닮아 있다. 소설 속 개츠비가 데이지에게 버림받듯, 그도 약혼녀
젤더에게 버림받았다. 버림받은 이유도 같다. "당신에겐 미래가 안 보
인다"는 것.

그 후 피츠제럴드는 회사원에서 소설가로 인생의 핸들을 튼다. 소설
이 성공하면서 그에게 파혼을 통보했던 젤더와 결혼한다. 그는 매일
밤 파티를 열었고 명예와 부, 사랑을 다 가진 듯했지만 실상은 그렇지
못했다. 알코올의존증에 빠져 불행한 삶을 살다가 말년에는 할리우드
에서 시나리오 작가로 일했다. 「바람과 함께 사라지다」의 시나리오도
그의 작품이다. 1940년 「최후의 대군」을 쓰다가 심장마비로 생을 마감
한, 돈과 명예욕 때문에 파멸한 피츠제럴드. 그가 곧 개츠비가 아니었
을까.

무라카미 하루키가 사랑한 소설

무라카미 하루키는 소설 『노르웨이의 숲』에서 나가사와 선배의 입을 빌려 이렇게 말했다.

"『위대한 개츠비』를 세 번 이상 읽은 사람이면 누구든 나와 친구가 될 수 있어."

제롬 데이비드 샐린저가 쓴 『호밀밭의 파수꾼』의 주인공도 이 책을 사랑했다. 샐린저는 젊은 시절 꼭 읽어야 할 책으로 『위대한 개츠비』를 추천하기도 했다. 독서광으로 유명한 빌 게이츠는 심지어 약혼식 의상도 개츠비의 복장을 따라 하고, 저택도 개츠비의 집처럼 지었다고 한다.

1922년 뉴욕의 롱아일랜드를 배경으로 펼쳐지는 이 소설은 이렇게 시작된다.

아버지는 나에게 충고를 해주셨다. "네가 남을 비판하고 싶을 때는 언제든지 이런 걸 생각해라. 이 세상의 모든 사람이 네가 가졌던 그런 유리한 처지에 있지 못했다는 것을……."

아버지의 그 말씀을 간직해온 청년, 닉의 시선으로 개츠비의 이야기가 펼쳐진다. 닉은 멀리 이웃 저택의 한 남자가 서 있는 것을 본다. 그는 두 손을 호주머니에 찌른 채 서서 은빛 후춧가루를 뿌려놓은 듯한 별들을 바라보고 있다. 멀리 반짝이는 단 하나의 초록색 불빛, 부두의 맨 끝을 바라보는 것 같았다. 그러나 그가 바라보려는 것은, 부두가 아니라 건너편 집에 사는 여자 데이지였다.

그 남자 개츠비는 가난 때문에 그녀를 잃었다고 생각했다. 그래서 거부가 되어 나타났다. 사랑하는 여인, 데이지 앞에. 호화로운 저택을 마련한 이유는 단 하나. 데이지의 창문에 불이 켜지는 것을 보기 위해서다. 주말마다 파티를 여는 까닭도 단 하나.

데이지가 올지도 모르기 때문.

개츠비는 드디어 데이지를 만나게 된다. 닉이 다리를 놓아준 것이다. 개츠비는 그녀를 자기 집으로 데리고 와서 자신이 쌓은 부를 자랑한다. 개츠비의 부에 황홀해진 데이지는 그에게 팔짱을 낀다. "당신 집이 있는 부두 끝에는 항상 초록빛 불이 켜져 있더군요"라는 개츠비의 한마디는 둘 사이에 있던 5년의 간격을 다 지워버린다.

그가 데이지에게 바라는 것은 단 하나뿐이다. 그녀가 남편 톰에게 "당신을 사랑한 적이 없다"라고 말하는 것, 그리하여 5년 전으로 그들의 사랑을 되돌리는 것. 개츠비는 그 유일한 꿈을 향해 달려왔고, 이제 손에 닿을 듯 가까워졌다고 느낀다. 그러나 과연 그럴까.

무더운 여름날, 개츠비는 데이지와 그녀의 남편 톰 그리고 닉과 함께 뉴욕의 호텔방으로 간다. 톰이 자신에게 비아냥거리며 시비를 걸자 개츠비는 말해버린다. '데이지가 사랑하는 것은 바로 나'라고. '내가 가난했기 때문에 기다리다 지쳐 톰과 결혼했을 뿐'이라고. 그러나 데이지는 모호하게 얼버무린다. 톰을 사랑하지 않았다고는 말할 수 없다며.

데이지가 운전하는 차를 타고 집으로 돌아오는 길에 사고가 생긴다. 갑자기 차에 뛰어드는 여인을 치고 만 것이다. 그녀는 톰의 내연녀였다. 데이지의 인생에 큰 위기가 닥치자 개츠비는 본인이 운전했다고 말하겠노라 나선다. 그리고 그녀를 지켜주기 위해 데이지의 창밖에 서서 밤새 지켜본다. 달빛 아래 헛된 파수꾼이 되어서……. 그러나 그를 기다리고 있는 것은 데이지와 톰이 꾸민 음모였다.

다음 날 개츠비가 수영장에서 홀로 수영을 하는데, 전날 데이지의 차에 치여 죽은 여자의 남편이 권총을 들고 찾아온다. 톰을 향했던 총구는 그의 말 몇 마디에 엉뚱하게도 개츠비한테로 방향을 튼다. 그리고 개츠비는 알지도 못하는 남자의 총에 이유도 모른 채 최후를 맞는다. 그는 유유히 텅 빈 수영장을 떠내려간다.

닉은 개츠비의 장례식에 부를 참석자를 찾던 중 그의 과거를 알게 된다. 개츠비는 소문처럼 황제의 조카도, 부호의 상속자도 아니었다. 다만 사랑을 되찾기 위해 뼈가 부서지도록 일해서 부호가 되어 돌아온 사람이었다.

개츠비의 장례식은 쓸쓸했다. 그의 파티에 몰려들었던 이들은 아무도 오지 않는다. 그가 그토록 사랑했던 데이지는 무덤에 꽃한 송이 얹어주지 않는다. 사랑에 모든 것을 걸었고 사랑 때문에 꼭 성공하고 싶었던 순수했던 한 남자는, 사랑으로 파멸하고 사랑이라는 이름에 학살당한다.

이토록 어리석은 남자에게 '위대한'이라는 수식어라니! 그러나 책의 서두에서 닉은 개츠비를 이렇게 회상한다. 그에게는 희망을 가질 수 있는 탁월한 능력과 낭만적인 준비성이 있었노라고. 개츠비는 아무리 힘들어도 희망을 버리지 않았다. 사랑에 실패했지만 다시 사랑하기를 두려워하지 않았다. 속물에 무책임하고 비도덕적인 데이지를 사랑하면서도 단 한 번도 그 사랑을 놓지 않았다. 그가 위대한 이유가 거기에 있다.

그렇다면 데이지는 그토록 지고지순한 사랑을 받을 가치가 있는 사람이었을까? 사랑받을 가치는 오직 사랑을 하는 이만이 결정하는 법이다. 사랑해달라고 말한 적 없지만 사랑할 수밖에 없는 것. 그 사람이 날 아프게 하는데도, 그 사람이 지닌 수많은 결점에도 불구하고 그 사람이 좋은 것. 세상 사람 모두가 안 어울린다고, 제발 그만두라고 해도, 상대방조차도 제발 날 사랑하지 말라고 해도 사랑할 수밖에 없는 것⋯⋯. 그것이 사랑이니까 말이다.

상처받을까 두려워 사랑하지 못하는 이들에게 개츠비가 말을 건넨다. 사랑이 위대한 이유는 그럼에도 불구하고 사랑하기 때문이라고.

에밀리 브론테
『폭풍의 언덕』

☑ 의심의 독화살을 맞은 치명적인 사랑

짧은 생이 남긴 불후의 명작 『폭풍의 언덕』

『폭풍의 언덕』은 30세에 요절한 에밀리 브론테Emily Jane Brontë, 1818~1848가 죽기 1년 전에 발표한 그녀의 유일한 소설이다. 처음이 자 마지막 소설인 셈이다. 그녀는 『제인 에어』의 작가인 샬럿 브론테 의 여동생이기도 하다.

에밀리 브론테는 영국 요크셔 벽촌의 목사 딸로 태어나 평생을 시골 집에서 살았다. 폐병을 앓으면서도 끝까지 진료를 거부한 채 지내다 가 30세에 독신으로 숨을 거두었는데, 그때 그녀의 책상에는 『폭풍의 언덕』에 대한 혹평이 놓여 있었다고 한다.

조잡하고 미숙하며 기묘하다고 평가받던 자신의 소설이 먼 훗날 위대 한 작품이라는 칭송을 받게 될 줄, 그때의 에밀리 브론테는 상상이나 했을까.

15번이나 영화화된 비극적 사랑과 복수

출간 당시 엄청난 혹평에 시달렸던 『폭풍의 언덕』은 20세기에 들어와 재평가되기 시작한다. 서머싯 몸은 "『폭풍의 언덕』은 그 어느 소설 작품과도 비교가 불가능하다. 세계 10대 소설로 꼽을 만하다"라고 평했으며, 셰익스피어의 『리어 왕』, 허먼 멜빌의 『모비 딕』과 더불어 영문학 3대 비극으로 꼽히고 있다.

히스클리프와 캐서린의 비극적인 사랑과 처절한 복수를 담은 『폭풍의 언덕』은 여러 차례 영화화되었고 연극, 드라마, 오페라 등으로 끊임없이 재생산되고 있다.

『폭풍의 언덕』은 스러시크로스 저택에 세 들어 살기로 한 영국 신사 록우드가 첫날 집주인 히스클리프를 찾아오면서 이야기가 시작된다. 그곳에서 하룻밤 묵는 동안 록우드는 캐서린의 유령을 만난다. 유령을 보았다는 그의 말에 히스클리프는 창을 잡아당기며 절규한다.

"캐서린! 제발 들어와요. 아, 제발 한 번만 더! 그리운 그대, 이번만은 내 말을 들어주오. 캐서린. 이번만은!"

록우드는 그 일로 저택 주인 히스클리프에 대해 호기심을 갖게 되고, 그 저택을 지켜온 하녀장 딘 부인(넬리)에게 히스클리프와 캐서린, 그리고 린튼 가문 2대에 걸친 사랑과 증오, 복수의 이야기를 듣게 된다. 유령이 된 그녀라도 보고 싶어 절규하는 히스클리프, 유령이 되어서도 그의 곁에 머물고 싶어 하는 캐서린. 그들의 아름답고 치명적인 사랑 이야기를……

워더링 하이츠 저택의 주인 언쇼는 출장 갔다가 돌아오는 길에 정체 모를 아이를 한 명 데리고 온다. 그는 누더기 차림에 머리카락이 새카만 그 아이에게 어려서 죽은 아들의 이름이었던

'히스클리프'라는 이름을 붙여주고, 버릇없는 아들 힌들리보다 더 애정을 쏟는다. 힌들리는 아버지의 애정을 가로챈 히스클리프를 맹렬하게 미워한다. 하지만 그의 딸인 캐서린은 달랐다. 캐서린은 히스클리프와 늘 함께였다. 그들은 붙어 다니며 한 몸처럼 서로를 사랑했다.

2년 후 언쇼 부부가 세상을 떠나자 히스클리프는 집안의 머슴으로 전락하고 만다. 그를 향한 힌들리의 학대는 날이 갈수록 더욱 심해진다. 그 속에서도 캐서린과 히스클리프는 사랑의 추억을 만들어간다. 그러던 어느 날 캐서린이 치안판사 린튼가에 갔다가 개에 물리게 되고, 그 바람에 치료를 위해 5주간 그곳에 머물게 된다. 그녀는 야성의 남자 히스클리프를 사랑하면서도 예의 바르고 지성적이며 친절한 린튼가의 아들 에드거에게 마음이 끌린다.

이제 말괄량이가 아닌 아름다운 숙녀가 되어 돌아온 캐서린은 에드거의 청혼을 받고서 하녀인 넬리에게 고민을 털어놓는다. 힌들리가 히스클리프를 저렇게 천한 인간으로 만들지만 않았어도 에드거와의 결혼은 생각지도 않았을 거라고, 히스클리프와 결혼한다면 격이 떨어질 거라고 말한다.

우연히 캐서린의 그 말을 엿듣게 된 히스클리프는 충격을 받아 집을 나가버린다. 정작 캐서린의 다음 말, 나 자신보다 더 히스클리프를 사랑한다는 말은 듣지 못한 채로……. 캐서린이 에드거와 결혼하려는 이유는 오직 하나, 히스클리프를 위해서였다.

"만약 히스클리프와 내가 결혼한다면 우리는 거지가 되고 말 거야. 그러나 내가 에드거와 결혼하면 히스클리프의 출세를 도와서 오빠의 손아귀에서 벗어나게 할 수가 있어."

하지만 히스클리프는 그녀의 진심을 알지 못한 채 상처받은 가슴을 움켜쥐고 그곳을 떠나버리고, 그 후 3년 동안 캐서린은 그를 찾아 미친 듯이 헤맨다. 지독한 그리움에 히스클리프를 찾던 캐서린은 더는 어찌할 수 없어서 에드거와 결혼한다. 그런데 얼마간의 세월이 흐른 후 히스클리프가 부자가 되어 돌아온다. 그가 돌아온 목적은 복수였다.

히스클리프는 아내를 잃고 상심해 있는 힌들리에게 접근해 도박으로 재산을 탕진하게 하고 워더링 하이츠를 차지한다. 그리고 에드거의 동생인 이사벨라를 유혹해 그녀와 결혼한다. 히스클리프에 대한 그리움으로 살아가던 캐서린은 그 충격으로 몸이 쇠약해지고 정신이 피폐해져 죽음의 문턱까지 이른다. 그제야 캐서린의 마음을 확인한 히스클리프는 그녀를 안은 채 왜 날 사랑했으면서 자기 마음을 죽이고, 나를 죽이고, 나를 버렸느냐고 울부짖는다.

결국 캐서린은 딸을 낳으며 죽음을 맞는다. 그녀의 집 앞 숲속, 고목이 된 물푸레나무에 기대서 있던 히스클리프는 발작을 일으키듯 신음하며 무섭게 외친다.

"난 한 가지만 기도하겠어. 내 혀가 굳어질 때까지 되풀이하겠어! 캐서린 언쇼! 당신은 내가 살아 있는 동안 편히 쉬지 못해! 당신은 내가 당신을 죽였다고 했지! 그러면 귀신이 되어 날 찾아와! 어떤 형체로든지 내 곁에 있어만 줘!"

신음하는 가슴에 비수처럼 꽂힌 사랑. 앓는 심장에 검은 독약처럼 스며든 사랑. 치명적인 중독성을 지닌 사랑. 증오와 복수라는 방법 말고는 그 어떤 사랑의 방법도 찾을 수 없는 폭풍 같은 사랑. 죽어서도 잠 속에 있지 못하고 황량한 덤불 속을 헤매고 다니는 황야의 사랑. 육신이 없다면 유령으로라도 보고 싶은, 그래서 창틀을 부여잡고 제발 내 앞에 나타나달라고 애원하는 사랑……. 그런 사랑은 축복일까, 형벌일까.

히스클리프가 캐서린의 마음을 의심한 그 순간, 독화살이 그들의 사랑을 명중시켜버렸고, 두 사람의 심장은 독에 취해 비틀

거렸다. 의심이 독이 되어 그들의 가슴에 꽂힌 순간, 두 사람의
영혼은 죽었다. 의심이 그들의 사랑을 독살한 것이다.

요한 볼프강 폰 괴테
『젊은 베르테르의 슬픔』

☑ 전 세계를 울린 운명적 사랑과 슬픔

겪어본 사람만이 아는 절절한 외사랑 이야기

요한 볼프강 폰 괴테Johann Wolfgang von Goethe, 1749~1832는, 라이프치히대학교 시절, 점심시간에 자주 들렀던 식당 주인의 딸을 사랑했다. 그러나 그녀는 다른 남자를 사랑했고 괴테에게는 관심이 없었다. 괴로워하던 괴테는 친구에게 이런 편지를 보냈다.

"난 밤새워 울어보려고 애썼지만 이만 딱딱 부딪칠 뿐 울음이 나오지 않았네."

또한 괴테는 친구의 약혼자인 샤를로테 부프를 사랑했고, 남작의 아내이며 7년 연상의 슈타인 부인을 사랑하기도 했다. 그의 이러한 외사랑 경험들은 『젊은 베르테르의 슬픔』 속에 스며들어 있다. 그래서인지 소설을 읽다 보면 주인공 베르테르가 겪는 감정과 생각들이 생생하게 살아서 전해진다.

『젊은 베르테르의 슬픔』이 금서가 된 이유

괴테가 25세에 발표한 『젊은 베르테르의 슬픔』은 지금은 필독서지만 당시엔 읽어서는 안 되는 금서였다. 이 소설을 읽고서 주인공 베르테르를 따라 권총 자살하는 청년들이 속출했기 때문이다. 그래서 선망하는 인물이나 유명인이 자살할 경우 그 인물과 자신을 동일시해서 자살을 시도하는 현상을 '베르테르 효과Werther Effect'라 한다.

당시 그렇게 많은 젊은이들로 하여금 노란 조끼를 입고 권총을 머리에 대게 했던 문제작이었지만 훗날 덴마크의 철학자 키르케고르는 이 소설에 영향을 받아 『죽음에 이르는 병』, 『이것이냐, 저것이냐』를 썼다. 『젊은 베르테르의 슬픔』을 일곱 번이나 읽었다는 나폴레옹은 이집트 원정 때도 이 책을 가져간 것으로 유명하다. 그리고 롯데그룹의 창업주는 『젊은 베르테르의 슬픔』을 감명 깊게 읽은 나머지 여자 주인공의 이름을 기업명에 붙인 것으로 알려져 있다.

『젊은 베르테르의 슬픔』은 주인공 베르테르가 친구 빌헬름에게 편지로 고백하는 형식의 소설이다. 로테의 모습, 목소리, 몸가짐에 영혼이 완전히 몰입되고 말았다는 베르테르의 고백으로 편지는 시작된다.

마음을 치유할 목적으로 어느 아름다운 산간 마을에 찾아든 젊은 변호사 베르테르는 그 마을의 공작 집안 출신 법관으로부터 무도회 초청을 받는다. 베르테르는 무도회로 가던 중 마주친 로테에게 한눈에 반한다. 두 살에서 열한 살까지, 여섯 명의 동생들에게 흑빵을 나눠주는 그녀의 우아한 모습에서 눈을 뗄 수 없었던 것이다. 무도회장에 가는 동안 마차 안에서 문학 이야기를 나눈 두 사람. 로테에게 완전히 매혹되어버린 베르테르는 마차가 무도회장에 도착했을 때 이미 몽유병자 같은 상태가 되어버린다.

그 후, 로테의 집에 매일 찾아가는 베르테르. 그는 그녀를 만나면 영혼이 모든 신경 속에서 물구나무서고, 그녀가 치는 피아노 소리를 들으면 방황에서 벗어나 비로소 자유롭게 숨 쉬게 된다고 고백한다. 베르테르는 자신이 갈 수 없는 날에는 하인을 대신 그녀의 집으로 보낸다. 오늘 그녀 곁에 다녀온 이를 옆에 두고 싶기 때문이다. 베르테르에게는 아침에 눈을 뜨면 그녀를 만나야겠다는 소망 외에는 아무것도 없다.

그러나 로테에게는 이미 약혼자가 있었다. 그의 이름은 알베르트. 로테가 다른 남자와 있는 것을 보면 베르테르는 피가 거꾸로 솟는다. 목 졸림을 당하는 것처럼 숨이 막히고, 답답한 나머지 숨을 쉬려 하면 심장이 무섭게 고동쳐서 마음이 갈기갈기 찢어지는 것 같은 고통이 찾아온다.

고통을 이기지 못한 베르테르는 로테의 곁을 떠날 결심을 한다. 베르테르는 떠나기 전날, 마음을 감춘 채 손을 내밀어 로테에게 악수를 청한다.

"안녕, 로테. 안녕, 알베르트. 언젠간 또 만날 겁니다."

그때 로테가 대답한다.

"내일."

그 대답이 베르테르의 가슴을 찌른다.

공사公使의 비서가 되어 먼 고장으로 떠난 베르테르는 공사의 관료 기질과 인습에 염증을 느끼며 하루하루 살아간다. 그러던 어느 날, 로테가 알베르트와 결혼했다는 편지를 받은 베르테르는 더는 견디지 못하고 사표를 낸 후 다시 로테의 곁으로 돌아온다.

베르테르는 로테와 처음 춤출 때 입었던 푸른색 연미복을 낡아서 다 떨어지도록 입는다. 그것을 버릴 때가 되자 먼저 것과 같은 모양으로 새로 맞춘다. 깃도, 소매도, 노란 조끼와 바지도 모두 똑같다.

로테가 남의 아내가 되었어도 베르테르는 그녀를 향한 사랑을 멈추지 못한다. 온통 그녀 생각뿐이고, 눈을 감아도 로테의 모습이 떠오른다. 한편 로테의 남편 알베르트는 두 사람이 함께 있을 때면 방해하지 않기 위해 조용히 아내의 방에서 나가곤 했다. 친절하고 세심한 그의 배려는 베르테르를 더욱 괴롭게 했다. 자신이 그들의 아름다운 관계를 파괴하는 것 같았기 때문이다.

크리스마스를 앞둔 어느 날, 로테는 당신을 측은히 여기는 것밖에는 아무 능력이 없는 여자를 사랑하지 말아달라고 말한다. 그 후, 다시 로테를 찾아간 베르테르는 시를 읽어주다가 격정에 떨며 그녀를 안는다. 그리고 떨리는 입술에 미친 듯이 키스를 퍼붓는다. 로테는 그를 뿌리치고는 일어서서 후들후들 떨며 더 이상 만나지 않겠다는 뜻을 전한다.

이튿날 새벽, 그는 로테에게 보내는 마지막 편지를 쓴다. 그리고 알베르트에게 권총을 빌려달라는 편지를 써서 하인 편에 보낸다. 편지를 받은 알베르트는 로테에게 권총을 꺼내 주라고 한다. 남편의 눈치를 보며 주저하던 로테는 불길한 예감을 느끼면서도 권총을 내려서 먼지를 턴 후 베르테르가 보낸 하인에게 건넨다.

베르테르는 로테가 직접 꺼내 주었다는 말을 듣고 좋아하며 그 권총을 받아 든다. 자정을 알리는 종소리가 들리고, 베르테르는 로테에게 작별 인사를 건넨다.

"그럼 로테, 로테여, 안녕…… 안녕……."

다음 날 사람들이 권총 자살을 한 그를 발견했을 때, 베르테르는 파란 연미복에 노란 조끼를 입고 있었다. 로테와 처음 만났을 때의 차림 그대로였다. 그리고 호주머니에는 로테가 그의 생일에 준 리본이 들어 있었다.

'나는 도무지 이해할 수 없다. 내가 이토록 그녀만을 사랑하고 있는데, 어떻게 다른 사람이 그녀를 사랑할 수 있는지…… 또 사랑할 자격을 갖추고 있는지……. 나는 그녀 외에는 아무것도, 아무도 모르는데…… 그녀를 제외하고는 아무것도 가진 것이 없는데…….'

이토록 고뇌했던 그의 사랑은 죽음으로써 끝이 났다.

한번 뿌리를 내리면 자리를 옮길 수 없는 나무처럼, 누군가를 사랑하게 되면 마음의 자리를 옮길 수 없는 사람이 있다. 그에게는 사랑이 조건이 아니라 운명이기 때문이다. 상대는 내가 사랑해주지 않아도 잘 살아가는데 나는 그 사람을 사랑하지 않으면 살 수 없는 것, 그것이 외사랑의 슬픔이다.

그렇게 아픈 사랑이라면, 차라리 하지 않는 편이 좋지 않을까. 그러나 푸른 연미복에 노란 조끼를 입은 청년 베르테르는 그가 좋아했던 큰곰자리에 턱을 고이고 앉아 우리에게 전해준다. 어떤 사랑이든, 사랑이라는 감정을 가슴에 품은 사람은 신의 선물을 받아 든 사람이라고.

샬럿 브론테
『제인 에어』

☑ 불타버린 대저택의 비밀 속에서 피어난 사랑

영국 최초의 여성 성장소설 『제인 에어』

『제인 에어』는 한 여성이 시련을 겪고 성장하면서 진정한 사랑을 깨닫는 이야기이다. 이 소설을 쓴 샬럿 브론테Charlotte Brontë, 1816~1855도 주인공 제인 에어처럼 시련이 끊이지 않는 삶을 살았다.

그녀는 평생 죽음의 그림자를 안고 살아야 했는데 다섯 살에 어머니를, 열 살에 두 언니를 잃었다. 26세 때는 어머니 같은 이모를, 32세에는 남동생 브론웰과 여동생 에밀리 브론테『폭풍의 언덕』작가를, 33세에는 여동생 앤 브론테소설가를 잃어야 했다. 특히 직업도 없이 평생 탈선을 일삼더니 아편 중독자가 되어 나타나 끝내 폐병으로 죽고 말았던 남동생은 그녀 생의 굴레였다.

샬럿은 어릴 적 자매들과 함께 엄격하고 열악한 환경의 기숙학교에 다닌 적이 있었는데, 영양실조와 폐렴으로 두 언니를 떠나보낸 것이 이때였다. 또한 벨기에 브뤼셀에 있는 학교로 유학을 떠나 그곳에서 만난 에제 교수에게 사랑을 느끼지만 기혼자인 그는 그녀의 마음을 받아주지 않았다. 『제인 에어』에는 기숙학교에서의 경험과 젊은 시절 실패로 끝난 그녀의 사랑이 고스란히 담겨 있다.

남자 이름으로 출판사에 작품을 보낸 이유

샬럿 브론테는 이 소설을 발표할 때 커러 벨Currer Bell이라는 남자 이름으로 출판사에 보냈다고 한다. 그녀는 왜 남자 이름으로 자신의 소설을 발표한 것일까?

시인 로버트 사우디에게 자작시를 보냈다가 "문학이란 여자가 할 수 있는 것이 아니며 그렇게 되어서도 안 된다"라는 말을 들은 적이 있던 그녀로서 당시 영국 귀족 사회의 보수성을 의식하지 않을 수 없었기 때문이다. 19세기 영국은 여성의 재능이나 개성을 인정해주는 분위기가 아니었던 것이다.

하지만 출간 후 실제 투고자가 남성이 아닌 여성이라는 사실이 알려지면서 영국 사회는 크게 놀랐고, 이 책의 인기는 더욱 상승하였다고 한다.

부모를 잃고 외삼촌 집에 맡겨진 소녀, 제인 에어는 고집이 세고 자기주장이 강해 숙모와 사촌들의 냉대를 받으며 성장한다. 외삼촌마저 죽자 숙모는 귀찮은 혹을 떨치듯 그녀를 로우드 기숙학교에 보내버린다.

제인은 부푼 꿈을 안고 기숙학교에 들어가지만 그곳은 너무나 형편없었다. 폭력적인 교사들과 열악한 시설, 감옥 같은 로우드 기숙학교에서도 우정은 피어난다. 그러나 친구 헬렌은 교장의 학대와 열악한 환경을 이겨내지 못하고 폐병에 걸려 세상을 떠나고 만다. 제인은 악조건 속에서도 단단하게 버텨냈고 졸업 후에도 2년 동안 그곳에서 조수로 지낸다.

로우드를 떠나 일자리를 얻어야 했던 제인 에어는 광고를 보고 '손필드'라는 대저택에 가정교사로 가게 된다. 이곳에는 자주 집을 비우는 명문 부호 로체스터와 그의 딸 아델이 살고 있었는데, 그녀가 도착했을 때 저택의 주인은 장기간 출타 중이었다. 가정부도 따뜻하게 대해주고 아델도 잘 따라주어 제인은 모처럼 평안한 날들을 보낸다.

10월, 11월, 12월이 가고 1월의 어느 날 오후, 그녀는 손필드에서 1마일쯤 떨어진 들길을 걷는다. 그때 건너편에서 말을 타고 오던 중년 남자가 있었는데, 그는 제인과 엇갈리는 듯하더니 미끄러지며 넘어진다. 제인이 다가가 발목이 삔 그를 부축하는데, 그가 바로 저택의 주인인 로체스터였다. 그것이 두 사람의 첫 만남이었다. 그는 침울한 인상에 냉소적이었고, 키도 작고 인물이 보잘것없었다. 그러나 제인 에어는 그의 눈에서 외로움을 발견하고 인품이 깊고 말이 적은 그에게 존경과 사랑을 느낀다.

그런 로체스터에게는 비밀이 있었다. 바로 그것이 이 대저택의 비밀이자, 독자들로 하여금 스릴을 느끼게 하는 요소가 된다. 제인 에어는 그 비밀에 대한 궁금증과 더불어 로체스터에 대한 관심을 키워간다. 로체스터 역시 주관이 뚜렷하고 영리한 그녀에게 이끌린다. 2주 이상 저택에 머무는 일이 없다고 했던 그가 제인이 온 후로는 8주나 머물렀던 것이다.

어느 날 밤, 악마의 웃음소리 같은 것을 듣고 일어나 보니 로체스터의 침실에 연기가 자욱했고, 제인은 잠들어 있던 이들 부녀를 구해낸다. 로체스터는 악수를 청하며 그녀를 수호신이라 부른다. 그다음 날 그가 저택을 떠나자 제인은 왠지 마음이 텅 빈 듯한 느낌을 받는다.

몇 달이 지나서야 돌아온 로체스터. 이번에는 그의 약혼녀 잉그램이라는 여자와 함께였다. 그날 저택을 찾아온 손님 중 한 명이 심한 부상을 입게 되고, 로체스터는 그의 상처를 치료하고 지켜봐 달라고 제인에게 부탁한다. 제인은 그날 밤 인간의 모습을 하고 이 저택에서 살면서 한밤중에 때론 불을 지르고 때론 피 흘리게 하는 그 존재가 무엇일지 생각한다.

로체스터의 결혼을 앞두고 제인 에어가 떠나야 하는 날이 온다. 그때 로체스터는 밤나무 밑 벤치에 그녀를 앉히고 이렇게 고백한다.

"난 당신을 보면 이상한 기분이 느껴지오. 내 왼쪽 늑골 밑의 어딘가에 실이 한 오라기 달려 있어서 그게 작은 당신 몸의 같은 장소에 똑같이 달려 있는 실과 풀리지 않게끔 단단히 매어져 있는 것 같은 생각이 들거든."

그녀가 먼 곳으로 떠나버리면 이어진 그 실이 끊어지고, 그렇게 되면 자신의 체내에 출혈이 있을 것 같아 걱정이라며 그는 제인에게 청혼한다.

두 사람의 결혼식을 앞두고 제인 에어는 왠지 모를 불안감을 느끼는데, 결혼식 당일 그 불안은 현실이 된다. 예전에 상처를 입어 그녀가 간호해주었던 메이슨이 이 결혼은 이뤄져서는 안

된다고 외친 것이다. 알고 보니 그는 로체스터의 처남이었고, 자신의 누나가 아직 살아 있다는 사실을 폭로한다. 로체스터의 전처 버사 메이슨이 심한 정신병에 걸려 저택 다락방에 갇혀 있다는 사실이 밝혀지고, 그제야 제인은 저택에서 일어났던 이상한 일들을 이해할 수 있게 된다. 로체스터를 감싸고 있던 우울과 뒷모습에 어려 있던 고독까지. 이 모든 것이 그의 잘못이 아니라는 사실을 알면서도 제인은 결혼해서 함께 외국으로 떠나자는 제안을 뿌리치고 손필드를 떠난다.

그 후 길을 떠돌다 어느 집 앞에 쓰러진 제인을 존 리버스라는 목사와 그의 누이들이 구해준다. 존은 인도로 선교를 떠나려고 하던 중이었는데 제인의 성실성과 영혼의 힘에 끌려 그녀에게 청혼한다. 한편 제인은 돌아가신 삼촌의 재산이 자신에게 상속되었음을 알게 되고, 생전 처음 재산을 가지게 된다. 고민 끝에 존의 청혼을 받아들이고 함께 인도로 떠날 결심을 한 순간, 제인의 귀에 자신을 부르는 로체스터의 외침이 들려온다.

로체스터를 찾아 손필드로 돌아온 제인은 그의 전처가 집에 불을 지르고 불길에 타 죽었다는 소식을 듣게 된다. 또한 로체스터가 그녀를 구하려다가 심한 화상을 입고 한쪽 팔과 두 눈을 잃은 채 멀리 떨어진 마을에 혼자 살고 있다는 것을 알고는 그곳으로 달려간다.

로체스터는 그녀에게 자신의 흉측한 모습을 보이지 않으려 하지만 제인은 그를 따뜻하게 안아주며 사랑을 고백한다. 제인이 그와 결혼하겠다고 하자 로체스터는 묻는다.

"불쌍한 장님, 손을 끌고 데리고 다녀야 할 사내하고?"

"네."

"불구자인 데다 당신보다 스무 살이나 많은 남자, 당신이 항상 시중을 들어줘야 할 사내하고?"

"네."

다른 사람의 시선에 연연하기보다는 늘 자신의 내면에 집중했던 제인 에어는 사랑 앞에서도 용감하고 당당했으며 진실하고 자기 주도적이었다. 인생과 사랑의 길에서 어떤 선택을 할 때 제인 에어는 타인의 기준에 응하지 않았다. 오직 자신의 마음을 들여다봤고, 마음의 소리에 집중했다.

언제나 삶에 당당했던 제인 에어가 알려준다. 비가 내리면 우산을 건네는 것이 아니라 함께 비를 맞고, 폭풍 속에 들어간 상대를 위해 햇살에 서 있는 나 역시 그 폭풍으로 달려가는 것, 그것이 사랑이라고.

제인 오스틴
『오만과 편견』

✔️ 오만과 편견을 걷어내면 마법이 작동한다

독신의 작가가 그려낸 결혼 이야기

제인 오스틴Jane Austen, 1775~1817은 영국의 햄프셔주 스티븐턴에서 교구 목사의 딸로 태어났다. 아버지와 큰오빠는 옥스퍼드대학교를 나왔지만, 그녀는 여자였기 때문에 중간에 학교를 그만두어야 했다. 대신 제인은 아버지 서재에서 500여 권의 책을 독파하며 혼자 지식을 쌓아 갔다.

그녀는 스무 살에 톰 르프로이와 사랑에 빠져 결혼 직전까지 갔으나 남자 측 가족의 반대로 무산되고 만다. 그 후 『첫인상』이라는 작품을 쓰기 시작해 22세 때 완성한다. 출판사에 보냈으나 거절당하는데, 훗날 개작하여 이 작품에 새롭게 붙인 제목이 '오만과 편견'이다.

19세기 초에 활동했던 제인 오스틴은 작품 속에서 여성이 결혼에 이르는 과정을 주로 다뤘지만, 정작 자신은 42세에 병으로 세상을 떠날 때까지 독신이었다.

영화 「브리짓 존스의 일기」를 탄생시킨 바로 그 책

제인 오스틴은 영국 BBC가 실시한 '지난 1천 년간 최고의 문학가' 조
사에서 셰익스피어에 이어 2위를 차지할 만큼 영국인이 사랑하는 작
가이다. 평생을 독신으로 지내면서 담담한 필치로 인생의 절묘한 장
면들을 포착해낸 그녀의 작품 『오만과 편견』은 영화 「유브 갓 메일」
에서 극 중 서점 주인인 맥 라이언이 200번을 읽었다고 했던 바로 그
책이다. 그리고 영화 「브리짓 존스의 일기」가 이 소설 『오만과 편견』에
서 모티브를 얻었다는 것도 잘 알려진 사실이다.

영국 하트퍼드셔의 작은 마을 롱본에 사는 베넷가에는 다섯 자매가 있었다. 세상 모든 것을 사랑으로 대하며 착하고 내성적인 큰딸 제인, 똑똑하고 지적이며 똑 부러지게 할 말은 하고 마는 외향적인 둘째 엘리자베스, 틀어박혀 책 읽으며 조용히 지내는 걸 좋아하는 셋째 메리, 철없고 허영심 많으며 제멋대로인 다섯째 리디아, 그녀를 따라 하기만 하는 넷째 키티. 이 다섯 자매와 사리 분별력이 있으며 유머러스하고 예의 바른 아버지 베넷 씨, 허영심이 많고 생각이 깊지 않은 베넷 부인, 그들은 평범한 중산층 가족이다.

어느 날 귀족 청년 빙리가 이웃으로 이사를 오게 된다. 그 청년에 대한 호기심은 딸을 둔 어머니에게 당연한 것.

"돈 많은 미혼 남자예요. 1년에 한 4, 5천 파운드는 번다나 봐요. 우리 딸들에게 정말 잘된 일이에요!"

베넷 부인은 다섯 딸 중 큰딸 제인과 둘째 엘리자베스의 결혼을 기대했던 것이다. 베넷 부인은 무도회를 개최해 빙리 일가를 초대하는데, 제인은 유머러스한 빙리에게 호감을 느끼고 빙리

또한 온화하고 아름다운 제인을 보고 사랑에 빠진다.

빙리와 함께 무도회에 참석한 친구 다아시는 엘리자베스의 첫 인상에 영락없이 오만한 남자였다. 그는 훤칠한 키에 잘생겼고 태도가 고상한 데다 소문에 의하면 1년에 1만 파운드의 수입이 있다고 했다. 그러나 호감 가는 사람은 아니었다. 엘리자베스와 춤을 추라는 빙리의 말에 그녀를 힐끗 본 다아시가 말한다.

"그럭저럭 봐줄 만은 하네. 하지만 내 마음에 들 정도로 매력적이지는 않아. 그리고 다른 남자들이 거들떠보지도 않는 여자한텐 관심 보이고 싶은 생각 없어."

엘리자베스는 그 말을 듣고 분개했지만, 곧 친구들에게 가서 그 사건을 신이 난 듯 들려준다. 그러나 그 후 그녀의 뇌리에는 '다아시=오만한 놈'이라는 것이 콱 박혀버렸다.

한편 다아시는 무도회에서의 첫 만남 이후 엘리자베스에 대해 더 알고 싶은 마음이 생긴다. 영리하게 반짝이는 그녀의 까만 눈동자와 경쾌한 맵시, 쾌활함이 마음에 들었던 것이다. 하지만 그 사실을 엘리자베스는 전혀 알지 못했다.

대화 중에 다아시는 '교양 있는 여자'에 대해 이렇게 정의를 내린다.

"일반적으로 만족하는 수준을 훨씬 뛰어넘는 사람이라야 진정으로 교양 있는 사람으로 존중받을 수 있어요. 여자라면 음악, 노래, 그림, 춤, 몇 가지 언어 정도는 완벽하게 알고 있어야 교양 있다는 말을 들을 자격이 있겠죠. 뿐만 아니라 걷는 태도와 자태, 억양, 사람들을 대하는 태도와 표정에서 어떤 기품 같은 것이 배어 있어야 해요. 그렇지 않으면 교양 있다는 말을 들을 자격을 절반밖에 갖추지 못한 셈이 될 거예요."

그러자 엘리자베스가 쏘아붙인다.

"교양 있는 여자를 여섯 명밖에 못 봤다고 하신 말씀이 이해가 가는군요. 여섯 명이나 알고 계시는 게 오히려 놀라운걸요."

엘리자베스와 다아시의 설전은 그 뒤로도 계속된다.

"그건 정말 큰 결점이로군요! 누구도 말릴 수 없을 정도로 화를 잘 내는 건 성격적으로 큰 결함이니까요. 하지만 결점을 잘 고르셨네요. 그런 결점을 비웃을 방법을 전 도저히 못 찾겠으니 말이에요. 저한테 놀림당할 일은 없으시겠어요."

"제 생각에 모든 성격에는 어느 정도 구체적인 약점, 말하자면 아무리 교육을 많이 받아도 절대로 극복할 수 없는 천성적인 결함 같은 것이 있는 것 같습니다."

"그렇다면 당신의 결함은 모든 사람을 싫어하는 성향이로군요."

"그렇다면 당신의 결함은 다른 사람의 말을 의도적으로 오해하는 것이고요."

게다가 다아시와 어릴 때부터 함께 자란 위컴이라는 장교가 나타나 악독한 지주로 그를 모함하는 바람에 그녀의 편견은 더욱 커진다. 다아시가 좋아지려던 찰나였지만 이제 '그는 나쁘다'라는 편견까지 갖게 된 것이다.

한편 무도회 이후 제인과 빙리는 교제를 시작하는데, 내성적인 제인은 그에 대한 마음을 드러내는 것을 조심스러워하고 소심한 성격의 빙리는 그녀에게 쉽게 다가가지 못한다. 다아시는 그런 모습이 제인이 빙리를 좋아하지 않기 때문이라고 판단해 사랑을 그만두게 한다.

두 사람 사이를 갈라놓은 것이 다아시인 것을 알게 된 엘리자베스는 편견을 넘어 그를 증오하게 된다. 하지만 다아시는 그 사실을 알지 못한 채 총명하고 자유분방한 엘리자베스에게 매력을 느끼고 어느새 그녀를 사랑하게 된다.

어느 날, 엘리자베스가 아프다는 소식을 듣고 다아시가 찾아온다. 그리고 고백한다.

"아무리 노력했지만 소용이 없었습니다. 이제는 더 이상 안 될 것 같습니다. 제 감정을 억제할 수가 없습니다. 아무래도 이 말을 꼭 해야겠습니다. 제가 당신을 얼마나 깊이 사모하고 사랑하는지 말입니다."

거기까지는 좋았다. 그런데 다음 말이 문제였다. 엘리자베스가 신분이 낮은 점과 그런 결혼은 집안에 수치라는 것 등을 언급하며 그러한 마음의 고통에도 불구하고 어쩔 수 없이 그녀를 사랑하게 되었다고 한 것이다.

그 말에 분노가 치민 엘리자베스는 당신의 사랑이 고맙지 않으며 그런 호감을 원한 적도 없다며 "이제 제 설명을 들으셨으니, 고통을 극복하기가 어렵지 않을 것"이라고 쏘아붙인다. 그리고 자신이 위컴에게 들은 좋지 않은 평판에 대해 말하며 빙리와 언니가 결별한 원인 제공을 한 데 대해 해명을 요청한다.

"당신을 알게 된 처음 그 순간부터, 저는 당신의 태도를 보고 당신이 오만하고 자만심 강한 사람이라는 걸, 다른 사람 감정 따윈 무시하는 이기적인 사람이라는 걸 분명하게 알았어요. 그런 태도들이 당신을 달갑게 여길 수 없는 토대가 되었고, 처음부터 당신을 좋지 않은 시선으로 보게 된 상태에서 이후 여러 가지 일들을 겪고 보니 당신에 대한 혐오감이 점점 더 확고하게 굳어지게 됐지요. 그래서 전 당신을 알게 된 지 한 달이 안 됐을 때부터, 당신 같은 사람이야말로 아무리 애원해도 절대로 결혼해서는 안 되는 남자라고 생각했습니다."

그녀의 끝도 없이 펼쳐지는 독설에 다아시는 나가버린다.

다음 날, 다아시가 찾아와 그녀에게 장문의 편지를 전해준다. 그는 편지를 통해 빙리의 뜨거운 마음에 비해 제인의 미지근한 반응이 걱정스러워 둘의 결혼을 반대했다고 설명하고, 위컴과의 관계에 대해서도 자세히 해명한다. 시간이 흐르면서 모든 것이 위컴의 모략이었음을 알게 되고, 이후 다아시의 고향에 가게 되면서 엘리자베스는 그에 대한 편견을 완전히 지우게 된다.

그때 철없는 동생 리디아가 위컴과 눈이 맞아 가출하는 사건이 발생한다. 그 사건에 뛰어든 다아시는 물심양면으로 도움을 주어 불명예스러운 가출이 경사스러운 결혼식이 되게 해준다. 그가 아무도 모르게 그런 일을 했다는 사실을 뒤늦게 알게 된 엘리자베스는 다아시에게 고마움을 전한다. 그리고 첫인상만으로 당신을 판단해 오만한 사람이라는 편견을 가졌다며 용서를 구한다. 다아시 또한 자신이 오만했다며 그것을 엘리자베스 덕에 고칠 수 있었다고 말한다. 제인과 빙리의 약혼이 이뤄지고, 엘리자베스도 다아시와 결혼을 약속한다.

소설의 끝에서 그들 자매들의 결혼 생활에 대해 길게 쓰고 있지만 결국은 '그리하여 그들은 행복하게 살았다'는 해피엔딩이다. 오만 군과 편견 양이 만나 서로의 오만과 편견을 치워버리고 둘은 '그 후로도 오래오래' 행복하게 살았을 것 같다.

우리는 살아가는 동안 어떤 편견으로 사람을 대하고 있을까? 알게 모르게 오만과 편견의 껍질에 둘러싸인 채 소중한 인연을 멀리하고 있는 건 아닐까? 사람에 대한 편견을 치우고, 마음에 드리운 오만을 걷어버려야 비로소 사랑의 마법은 작동을 시작한다. 말이나 드러난 모습보다 보이지 않는 마음을 볼 줄 알고, 조건보다는 마음을 품을 줄 아는 사람에게 사랑은 찾아온다.

오만과 편견의 껍질을 벗어버릴 때 비로소 오는 사랑, 그것이 진짜 사랑이다.

너새니얼 호손
『주홍글씨』

☑ 누가 누구에게 낙인을 찍는가?

사랑이 만든 작품, 『주홍글씨』

단편소설 「큰 바위 얼굴」로 잘 알려진 미국의 작가 너새니얼 호손 Nathaniel Hawthorne, 1804~1864은 삽화가 소피아 피바디와 결혼해 금실 좋은 부부로 한평생을 살았다. 아내 소피아는 호손의 든든한 지지자이자 팬이었는데 이 부부의 사랑을 보여주는 유명한 일화가 있다. 소설만으로 생활을 꾸릴 수 없었던 호손은 1846년부터 세관에서 감독관으로 일했다. 그런데 1849년 공화당 정부가 들어서자 민주당과 가까웠던 그는 직장을 잃고 말았다. 해임 소식을 듣고 집으로 돌아온 남편에게 소피아는 이렇게 말했다.

"이제야 진짜 책을 쓰실 수 있게 되었군요."

아내의 지지를 얻은 호손은 그때부터 집필에만 전념했고 이듬해인 1950년 『주홍글씨』를 발표했다. 『주홍글씨』는 17세기 중엽, 청교도 식민지인 보스턴에서 일어난 간통 사건을 다룬 작품으로, 1850년대로서는 드물게 출간 10일 만에 2천 부가 매진되는 기록을 이뤘다.

너새니얼 호손과 허먼 멜빌의 우정

『채털리 부인의 연인』을 쓴 20세기 영국 대표 작가 D. H. 로렌스는 호손의 『주홍글씨』를 "미국인의 상상에 대한 완벽한 작품"이라고 평한 바 있다. 랠프 월도 에머슨, 헨리 데이비드 소로 등 많은 작가들이 호손을 사랑했지만 그중 가장 특별한 관계를 맺었던 인물로는 『모비 딕』을 쓴 허먼 멜빌을 꼽을 수 있다.

두 사람의 인연은 1850년 매사추세츠주 버크셔에서 시작되었다. 호손의 『낡은 목사관의 이끼』를 읽고 크게 감명받은 멜빌은 이후 호손과 편지를 주고받으며 우정을 쌓았고 훗날 그의 대표작이 된 『모비 딕』을 호손에게 헌정하기도 했다.

주인공 헤스터 프린이 시장 한가운데에 마련된 교수대로 끌려
나오며 이야기는 시작된다. 그녀의 품에는 생후 3개월 된 아기가
안겨 있었고, 가슴에는 간통을 뜻하는 'Adultery'의 'A' 자가 새
겨져 있었다. 헤스터에게는 남편이 있었지만 아기는 남편의 아이
가 아니었다. 결혼한 여자가 남편이 없는 동안 아기를 가진 죄로
헤스터에게는 평생 가슴에 A 자를 새기고 살아가야 하는 벌이
내려진다.

장관은 곧 젊은 목사 딤스데일에게 그녀를 참회시키라고 명령
한다. 많은 이의 존경과 사랑을 받고 있던, 헤스터의 숨겨진 연
인 딤스데일은 괴로운 표정으로 헤스터를 향해 함께 죄를 범한
자가 누구인지 묻는다. 그러나 헤스터는 고개를 저을 뿐이다. 이
번에는 나이 든 목사 윌든이 나서서 아이의 아버지가 누구인지
말하면 가슴에서 A 자를 지워주겠다고 한다. 헤스터는 딤스데일
의 수심 어린 눈을 쳐다보며, 그의 고통까지도 자신이 견디겠노
라 답한다.

판결을 받는 도중 헤스터는 군중 속에서 뜻밖의 남자를 발견

한다. 바다에서 길을 잃고 죽었다고 믿었던 남편 칠링워스였다. 그는 감옥으로 헤스터를 찾아간다. 사랑 없는 결혼을 했던 헤스터가 말한다.

"당신도 알다시피 나는 당신을 사랑하지 않았어요. 사랑하는 체하지도 않았고요."

칠링워스는 단언한다.

"나는 그자를 찾기를 책에서 진리를 찾듯이 하겠어. 연금술로 금을 찾듯이 하겠어."

감옥에서 나온 후에도 헤스터는 가슴에 주홍글씨를 달고 살아야 했다. 그러나 마을에서 달아나지 않고 바닷가의 조그만 초가집에서 삯바느질을 하며 생계를 꾸려간다. 사람들은 주홍글씨가 마치 전염병이라도 되는 양 그녀를 피했지만 헤스터는 딸 펄을 키우고 가난한 사람들을 도우며 조용히 자리를 지킨다.

그렇게 7년이라는 시간이 흘렀다. 칠링워스가 자신이 헤스터의 남편임을 숨기고 의약과 수술에 모두 능한 사람이 되어 복수의 칼날을 가는 사이, 헤스터의 연인 딤스데일 목사는 극심한 죄책감에 병들고 쇠약해져버렸다. 신도들은 목사의 건강을 보살펴 달라며 칠링워스를 딤스데일의 숙소로 불러들인다.

딤스데일과 함께 지내면서 이상한 낌새를 느낀 칠링워스는 잠든 딤스데일의 옷깃을 들추어 살에 새겨진 표적을 발견한다. 목사의 가슴에 치열하게 새겨진 그 표적은 헤스터가 늘 옷 위에 달고 다니는 바로 그 주홍빛 글씨였다. 칠링워스는 사탄의 표정으로 기뻐 날뛴다.

두 사람이 한집에서 살게 되자, 헤스터는 딤스데일을 만나 칠링워스의 정체를 알린다. 그녀는 교수대에서 그를 구했듯이 이번에도 고통받는 딤스데일과 함께 새로운 자유를 찾기 위해 바다를 건널 배편을 마련한다. 칠링워스의 방해 공작이 그곳까지 미쳤지만 헤스터는 불안한 마음으로 탈출을 기도한다.

함께 떠나기로 한 날, 딤스데일 목사는 마지막 설교를 마치고 광장으로 향한다. 그는 광장에 놓인 처형대로 가서 사람들 사이에서 있던 헤스터와 펄을 부르고는 놀란 청중을 향해 7년 전 자신의 죄를 고백하기 시작한다.

"저는 죄인입니다. 7년 전에 섰어야 할 이 자리에 지금 비로소 섰습니다. 이 무서운 순간에도 여기 서 있는 이 여인은 내가 여기를 기어오르던 힘보다 더 억센 힘으로 내가 엎어질까봐 부축하고 있습니다. 헤스터가 달고 있는 이 주홍글씨를 보십시오. 여러분은 그걸 보고 몸서리치셨습니다. 그녀의 발걸음이 어디를 가도, 무거운 짐을 진 그녀가 어디서 휴식을 원해도, 주홍글씨는 그녀의 주변에 두려움과 공포의 빛을 던졌습니다. 그 수치의 표를 가진 자가 여기 또 하나 있었는데 그자를 여러분은 두려워하지 않았습니다. 그 표는 이 사나이에게도 있었습니다."

딤스데일은 가슴에 걸었던 목사임을 표시하는 띠를 확 뜯어버린다. 이윽고 '그 글자'가 드러나고 사람들은 경악한다. 고백을 마친 딤스데일은 설교대 위에서 어린 딸의 입맞춤을 받으며 헤스터에게 작별 인사를 하고는 죽어간다.

군중 속에 있던 칠링워스는 자기 손으로 딤스데일을 파멸시키지 못해 광분한다. 복수의 힘으로 살아가던 그는 딤스데일이 죽고 난 후, 힘을 잃고 죽어가면서 펄에게 유산을 남겨준다. 헤스터는 숙명의 그 땅에서 여전히 주홍글씨를 달고 여생을 살아간다.

한 사람을 사랑하고 그 사랑을 위해 용기를 잃지 않았던 헤스터는 간통을 뜻하는 죄, A의 낙인을 '가능한Able'의 A로 만들었다. 그리고 사람들에게 차별당하면서도 가난한 이를 돕는 삶을 통해 '천사Angel'의 A 자를 보여주었다.

선행을 베풀며 살았지만 한 남자를 사랑했다는 이유로 가슴에 주홍글씨의 낙인이 찍힌 채 살아가는 여인, 성인의 가면을 쓰고 있지만 죄를 숨긴 채 두려움에 떠는 남자, 죄를 짓지 않았지만 복수의 증오를 불태우는 남자. 이 중에 누가 죄인이고, 누가 심판자일까. 누가 이기고 누가 진 것일까. 의지의 여인 헤스터는 가슴에 사랑이 있었으니 외로울지언정 슬프지 않았다. 그 여인을 사랑하는 딤스데일 목사도 괴로웠을지언정 사랑이 있었기에 슬프지 않았다. 결국 이 소설에서 가장 슬픈 자는 복수심에 휩싸여 살아간 칠링워스가 아니었을까.

레프 톨스토이
『안나 카레니나』

✔️ 파멸의 사랑 끝에 남은 뜨거운 허망

『안나 카레니나』, 유명한 첫 문장의 뒷이야기

레프 톨스토이|Lev Nikolaevich Tolstoy, 1828~1910의 소설 『안나 카레니나』는 유명한 첫 구절로 시작된다.

"행복한 가정은 살아가는 모습이 비슷하나 불행한 가정은 불행한 이유가 다 다르다."

1872년 1월, 그의 이웃에 살던 비비코프의 애인이 연인과 미모의 가정교사 사이를 질투한 나머지 기차에 뛰어들어 자살한 사건이 일어났다. 그 사건이 톨스토이로 하여금 『안나 카레니나』를 쓰게 했다.

이 소설은 고관대작의 부인 안나가 젊고 매력적인 남자와 사랑에 빠져 파멸한다는 내용을 담고 있다. 안나의 가정이 불행한 이유는 애정 문제였던 것이다.

세계 문학사상 가장 위대한 연애소설

서양의 3대 연애소설로 일컬어지는 플로베르의 『보바리 부인』, D. H. 로렌스의 『채털리 부인의 연인』, 톨스토이의 『안나 카레니나』는 한 여자가 두 남자 사이에서 갈등을 느끼며 사랑하는 것이 특징이다. 소설의 제목에 여주인공 이름을 붙인 것도 비슷하다. 그중에서도 톨스토이의 『안나 카레니나』는 세계 문학사상 가장 위대한 연애소설로 알려져 있다.

도스토옙스키는 『안나 카레니나』를 "완전무결한 예술 작품"이라고 극찬했으며, 밀란 쿤데라의 『참을 수 없는 존재의 가벼움』에서 토마스를 찾아온 테레사의 손에 쥐여 있던 소설도 바로 『안나 카레니나』다. 또한 이 작품은 러시아의 혁명 지도자 레닌이 얼마나 여러 번 읽었는지 책 표지가 너덜너덜해질 정도였다는 일화로도 유명하다.

왕정 러시아의 귀부인으로 지성적이고 아름다운 용모를 지닌 안나는 20세 연상의 남편 카레닌과 결혼하여 살아간다. 오빠의 집안 문제 때문에 안나는 상트페테르부르크에서 모스크바로 오게 되는데, 그녀가 기차역에 내렸을 때 청년 장교 브론스키는 때마침 어머니를 마중하기 위해 나와 있었다.

브론스키는 안나를 보고 첫눈에 반한다. 섬세하고 기품 있는 우아함에 자애로움과 부드러움까지 지닌 그녀가 고개를 돌려 그를 응시하는 순간, 브론스키는 운명적인 사랑을 느낀다. 그런데 두 사람이 처음 만나는 운명적인 상황에서 하필이면 끔찍한 일이 발생한다. 역무원이 후진하는 기차에 치여 숨진 것이다. 안나는 이건 불길한 징조라고 말한다.

얼마 후 두 사람은 무도회에서 다시 만나게 된다. 브론스키가 안나에게 춤을 청하고 그들이 춤을 추는 동안 브론스키를 사모하는 키티는 그들의 사랑을 감지하고 절망한다. 그녀는 안나를 보며 다른 사람과는 다른 악마적인 아름다움을 가지고 있다고 느낀다.

다음 날 안나는 집으로 돌아가기 위해 기차에 오르고, 브론스키 또한 그녀를 따라 같은 기차에 탑승한다. 그녀에게 당신이 있는 곳에 함께 따라왔으며, 그렇게 할 수밖에 없었다고 고백하는 브론스키. 그는 기차역에 마중 나온 남편 카레닌과 안나가 함께 걸어가는 것을 보고 그녀가 남편을 사랑하지 않는다고 확신한다.

둘 사이에 사랑은 없었고, 이들 부부를 이어주는 것은 아들 세료쟈뿐이었다. '인간이 아니라 관청의 기계' 같은 남편 카레닌과의 결혼 생활은 안나 내부의 생기를 억눌러왔다. 브론스키의 등장은 안나의 인생에 있어 꺼져버린 마음에 등불을 켜고, 식어버린 혈관에 피를 돌게 하는 일이었다. 저돌적으로 구애하는 브론스키에게 빠져 그 사랑을 멈출 수 없게 된 안나는 둘의 관계를 남편에게 숨기며 그와의 밀회를 계속한다.

카레닌은 아내의 외도를 의심해 끈질기게 추궁하고, 그러다 마침내 안나는 우발적으로 사실을 고백해버린다.

"저는 그 사람을 사랑하고 있어요. 제겐 그 사람이 전부예요. 이제 더 참을 수가 없어요. 저는 당신이 무서워요. 아니, 당신을 미워하고 있어요. 자, 당신의 마음이 풀리도록 제게 무슨 짓이든 지 하세요."

안나는 이혼을 요구하지만 카레닌은 이를 거절하고 표면적인 관계를 유지하려 한다. 그럴수록 남편에 대한 안나의 증오심은 커져갔고 결국 그녀는 브론스키와 사랑의 도피를 하기에 이른다. 이제 사랑의 속성인 집착과 소유욕, 질투가 그녀의 내면을 장악한다. 끊임없이 브론스키에게 사랑을 요구하는 안나. 그가 자꾸만 멀어지는 것 같은 느낌이 들자, 위기감이 그녀의 영혼을 좀먹기 시작한다.

안나가 사랑의 독점욕으로 괴로워할 때, 브론스키의 욕망은 그녀가 아닌 사회적인 출세로 옮겨간다. 안나의 사랑을 얻고 나자 명예와 명성을 잃은 것에 대한 후회가 몰려든다. 안나의 감정은 격렬한 질투에서 자신에 대한 혐오로 바뀐다.

'아아, 그이의 애무만 열렬히 바라는 정부 말고 다른 그 어떤 사랑이 될 수 있으면 좋으련만……. 그 밖의 아무것도 될 수가 없고, 또 되고 싶지도 않아.'

결국 정신이 쇠약해질 대로 쇠약해진 안나는 달려오는 기차에 몸을 던진다. 브론스키를 처음 만났던 그 기차역, 그날의 사고가 일어났던 그 지점에서 죽으면 그를 벌주고 그 지독한 사랑에서부터 벗어날 수 있을 거라고 생각한다. 그렇게 기찻길 한복판으로 뛰어든 안나 카레니나. 홧홧한 사랑을 꿈꾸다가 더 이상 가슴속의 뜨거움을 어찌지 못하고 온몸에 열꽃을 피운 채 지상으로 추락하는 낙엽처럼 그녀의 사랑은 지고 만다.

　지나고 나면 허망한 매혹의 한순간이라 해도, 언젠가는 깨어날 한여름 밤의 꿈 같은 것이라고 해도 거기 뛰어들 수밖에 없는 것, 그것이 사랑의 운명성이다. 안나 카레니나는 뜨겁게 사랑한 나머지 그 사랑이 열병이 되어 활활 타는 불길 속으로 불나방처럼 자신을 던지고 말았다.

　안나에게 그토록 절절하게 사랑한 것을 후회하느냐고 묻는다면 그녀는 뭐라고 대답할까. 그저 허망하게 웃고 말지도 모른다. 사랑이란 그렇게 다 모를 것투성이니까. 나조차도 모르는 것이 내 마음이니까.

밀란 쿤데라
『참을 수 없는 존재의 가벼움』

☑ 무거움과 가벼움, 무엇을 선택할 것인가?

프라하의 봄 그리고 어떤 사랑

『참을 수 없는 존재의 가벼움』은 1968년 프라하의 봄체코슬로바키아에서 일어난 자유민주화 운동 이후 러시아의 붉은 군대가 몰려올 당시의 프라하를 배경으로 한 소설이다. 토마스와 그의 아내인 사진작가 테레사, 토마스의 불륜 상대인 사비나, 사비나의 또 다른 연인인 프란츠가 주요 등장인물이다.

작가 밀란 쿤데라Milan Kundera, 1929~는 체코슬로바키아의 브륀에서 태어났다. 체코의 탄압과 망명 이야기를 그린 작품 속 주인공처럼 작가 자신이 자유화 운동을 하다 탄압을 받았고, 1975년 프랑스로 망명한 바 있다.

이 소설은 1984년 프랑스어로 먼저 발표되고, 1985년에 체코어로 출판되었다. 1988년에는 필립 코프먼 감독이 「프라하의 봄」이라는 제목으로 영화화했다.

영원한 노벨상 후보, 밀란 쿤데라

밀란 쿤데라의 첫 장편소설 『농담』의 프랑스어판 서문에서 프랑스의 시인이자 소설가 루이 아라공은 "소설이 빵과 마찬가지로 인간에게 없어서는 안 되는 것임을 증명한 작가"라고 그를 격찬했다.

매해 어김없이 노벨문학상 후보에 오르는 그는 우리나라에서 애거서 크리스티와 무라카미 하루키 다음으로 많은 저서가 번역된 작가다. 『참을 수 없는 존재의 가벼움』이 1984년 프랑스에서 출간되었을 때, 미국, 독일 등 선진국에선 "우리에게는 왜 이런 훌륭한 작품이 없는 가!" 하며 한탄했다고 한다.

『참을 수 없는 존재의 가벼움』은 '우연'의 연속으로 시작된다.
테레사가 사는 마을에 '우연히' 병이 나돈다. 토마스가 일하는
병원 과장이 '우연히' 아파, 토마스가 '우연히' 대신 가게 된다.
그 마을에서 '우연히' 시간이 남은 토마스가 '우연히' 테레사가
일하는 레스토랑에 들어간다. 그가 앉은 테이블은 '우연히' 테레
사 담당이었다. 그렇게 '우연'이 연속적으로 여섯 번 일어나며 프
라하의 외과의사인 토마스는 시골의 레스토랑 종업원인 테레사
를 만난다. '우연의 폭격', 그것이 이들의 사랑의 시작이었다. 누
구나의 사랑처럼 말이다.

　토마스와의 만남을 운명이라고 생각한 테레사는 고향을 떠나
그를 찾아간다. 그녀가 명함 한 장을 들고 토마스의 아파트 문턱
을 넘어섰을 때 뱃속에서 꾸르륵 소리가 난다. 그를 만날 설렘에
아무것도 먹지 못했는데, 만나자마자 꾸르륵 소리부터 들켜버린
것이다. 울고 싶은 그녀를 토마스가 안는다. 시간이 정지한다. 그
후, 두 사람은 프라하에서 같이 살게 된다.

　그러나 토마스는 자유연애주의자였다. 그는 전처와 이혼하며

깨달은 바가 있었다. 자신은 한 여인 곁에서 계속 살도록 태어나지 않았다는 것이었다. 테레사와 살면서도 그는 이 여자 저 여자를 만나며 '가벼운 삶'을 이어간다. 화가인 사비나와도 그렇게 자유로운 교제를 한다.

토마스는 그것을 '에로틱한 우정'이라고 부른다. 그리고 생각한다. '여자와 잔다'는 것과 '여자와 잠든다'는 것은 두 가지 상이한 열정일 뿐만 아니라 정반대의 열정이라고. 그런 그를 지켜봐야 하는 테레사는 질투와 체념을 오가며 고통스러워한다.

한편 소련군의 탱크가 프라하의 봄을 쳐부수기 위해 밀려들자, 토마스와 테레사는 스위스로 탈출해 취리히에서 살아간다. 체코를 떠나면 토마스의 연인들로부터도 벗어날 수 있을 거라 믿었던 테레사는 그가 이곳에서도 사비나를 계속 만나고 있다는 사실을 알고 절망한다. 그리고 혼자 국경을 넘어 프라하로 돌아가 버린다. '짐이 되고 싶지 않다'는 쪽지를 남긴 채. 초청하지도 않았는데 갑자기 그에게로 왔던 테레사는 같은 방법으로 그의 곁을 떠나버린 것이다.

토마스는 자신을 구속하던 존재가 떠나자 존재의 가벼움을 즐긴다. 그에게 테레사와의 사랑은 아름답지만 힘겨운 것이었다. 계속 무엇인가를 비밀로 해야 했고, 은폐해야 했으며, 거짓말하고 보상해야만 했다. 그녀를 기분 좋게 해주기 위해 노력해야 했고, 계속 자신의 사랑을 증명해야 했으며, 그녀에게 죄책감을 느끼고 변명하며 용서를 빌어야 했다. 토마스는 이제 그 모든 부담이 사라지고 오직 아름다움만이 남았다고 생각한다.

그러나 시간이 갈수록 테레사가 생각난다. 이별 편지를 쓸 때 그녀는 얼마나 슬펐을까, 그녀가 떠날 때는 어땠을까, 한 손으로는 큰 트렁크를 끌고 다른 손으로 카레닌(그들이 키우는 개)을 맨 끈을 잡고 갔겠지……. 토마스는 괴로움에 잠긴다.

'러시아군 탱크의 수백 톤짜리 쇳덩이들을 모두 합쳐도 동정심의 무게에 비하면 아무것도 아니'라고 생각하며 토마스는 무거움의 가치, 그 메시지를 좇아서 프라하로 돌아간다. 결국 그는 의사직을 박탈당하고 정부의 감시를 피해 시골로 이주한다. 토마스는 집단농장에서 트럭 운전사로 일하며 테레사와 함께 행복하게 살아간다.

"토마스. 당신 삶에서 모든 불행은 나로부터 와요. 당신은 의사가 천직이었는데, 나 때문에 당신은 밑바닥으로 떨어졌어요."

그녀의 말에 "오히려 천직이 없으니 가볍고 자유롭다"고 했던 토마스는 테레사와 함께 교통사고로 세상을 떠난다.

사명 따위를 갖지 않을 때 비로소 그것이 자유임을 깨닫고 마음이 아주 가벼워진다고 말하는 토마스, 자신 때문에 무거운 선택을 해야 했던 토마스를 위해 눈물 흘리는 테레사, 배신하고 배신당하며 끊임없이 배신의 길을 걷는 사비나, 전형적인 지식인인 프란츠……. 무겁거나 혹은 가볍거나, 둘 중의 하나를 선택하며 살아가는 그들은 곧 우리의 모습이다.

자유로운 연애를 즐기면서도 결국 테레사만을 사랑했던 토마스. 사랑의 무거움 때문에 프라하로 돌아오는 무거운 선택을 했던 사람. 행복한 슬픔의 그 무거운 공간 속에서 가볍게 죽어갔던 그는 우리에게 질문을 던진다.

"자, 그러니 어떤 것을 선택할 것인가? 무거운 것? 아니면 가벼운 것?"

인간은 늘 새털처럼 자유로운 가벼움을 추구하면서도 사랑이라는 것으로 영혼의 빈 항아리를 무겁게 채우고 싶어 하는, 그런 존재인지도 모른다.

막스 뮐러
『독일인의 사랑』

☑ 그 어떤 격정보다 깊고 간절한 짧은 사랑

비교언어학자가 남긴 단 한 편의 소설

『독일인의 사랑』을 쓴 막스 뮐러Friedrich Max Müller, 1823~1900는 슈베르트의 연가곡 「겨울 나그네」의 노랫말로 유명한 독일의 낭만주의 시인 빌헬름 뮐러의 아들이다. 아버지의 영향을 받아서인지 『독일인의 사랑』은 문체가 무척이나 시적이다.

그런데 사실 그는 소설가가 아닌 비교언어학자이자 철학자이다. 옥스퍼드대학교에서 동양 고전에 대한 방대한 연구서와 다방면의 저서를 남겼는데, 그런 그가 순수 문학작품으로 오직 단 한 편의 작품을 남겼으니 그것이 바로 『독일인의 사랑』이다.

사랑에 관한 가장 아름다운 고전

『독일인의 사랑』은 한 남자의 회상으로 한 여자에 대한 존경과 사랑을 담아내고 있다. 특별한 사건도 없고 복잡한 이야기 구조도 없지만, 읽는 내내 눈시울을 적시게 되는 소설이다. 1857년에 쓰인 150쪽 남짓한 얇은 책에 대체 어떤 내용이 담겨 있기에 150년이 넘는 시간 동안 사랑에 관한 불후의 명작으로 꼽히는 것일까?

이 작품은 여덟 개의 회상으로 이루어져 있는데 각 장에서 인간이 경험하는 다양한 빛깔의 사랑 이야기가 펼쳐진다. 그 이야기들은 '사랑이 무엇인가?'라는 질문에 본질적인 답을 제시한다. 그리고 한 인간이 어떻게 성장하고 완성되어야 하는지 알려준다.

『독일인의 사랑』은 소설 속 화자인 '나'의 1인칭 시점으로 이야기가 전개된다. 주인공인 '나'는 어린 시절 화려한 옆집을 자주 기웃거렸다. 그 집은 영주의 저택으로 창문이 무척 많았는데 창문 안으로 금실의 술이 달린 붉은 비단 커튼이 보였다. 그리고 앞뜰에는 오래된 보리수나무가 빙 둘러서 있어 여름이 되면 녹색 잎이 회색 담벼락에 그늘을 드리웠고, 그 아래 잔디밭에는 희고 향기로운 꽃잎들이 흩어져 있었다.

여섯 살이 된 어느 날 저녁 아버지 손을 잡고 드디어 그 저택에 가게 된 주인공은 후작 부인을 만나자 갑자기 목에 매달려 어머니에게 하듯 키스를 하고 만다. 버릇없게 굴었다며 아버지가 다신 그 집에 가지 말라는 금지령을 내리지만, 얼마 지나지 않아 '나'는 그 집에 다시 가게 된다. 그리고 영주의 딸인 마리아 공주를 만나게 된다.

심장병을 앓고 있는 마리아는 언제나 병상에 누워 있었다. 시중꾼 두 사람이 그녀가 누운 병상을 끌고 노는 방으로 옮겨 왔고, 피곤해하면 다시 밖으로 실어 나갔다. 얼굴은 창백했으나 은

화처럼 아름다웠으며, 눈은 깊고 신비스러웠다. 마리아는 가끔 손을 들어 소년의 머리를 만졌다. 그때마다 소년은 사지로 무엇인가가 흐르는 것 같아 그녀의 깊고 신비로운 눈을 들여다보는 것밖에는 아무것도 할 수 없었다.

어느 따뜻한 봄날, 마리아는 병상에 앉은 채 아이들을 불러 모으더니 손가락에 끼고 있던 다섯 개의 반지를 빼서 나누어 준다. 헤어지더라도 자신을 잊지 말라는 뜻으로 주는 반지였다. 소년이 받은 반지에는 '하느님의 뜻에 따라서'라는 글이 새겨져 있었다. '나'는 머뭇거리며 이렇게 말한다.

"이 반지를 내게 주고 싶거든 네가 그대로 갖고 있어야 해. 네 것은 다 내 것이니까."

이 한마디로 두 사람의 마음은 연결되었고, '나'와 마리아는 성인이 되어 다시 만난다. 마리아가 '친애하는 친구에게'로 시작하는 초대의 편지를 보낸 것이다. 하지만 두 사람의 사랑은 아버지의 반대에 부딪히고 마리아는 이별을 고한다. 이에 '나'는 자신에게는 단 하나의 생명이 있을 뿐이며 그것은 그녀와 함께하는 생명이라며 "살아서나 죽어서나 나는 당신의 것"이라고 말한다.

왜 나를 사랑하느냐고 묻는 마리아에게 '나'는 말한다.

"왜냐고요, 마리아? 어린아이에게 왜 태어났느냐고 물어보십시오. 그리고 꽃에게 왜 꽃을 피우느냐고 물어보고, 태양에게 왜 비추느냐고 물어보십시오. 나는 당신을 사랑하지 않을 수 없기 때문에 사랑하는 것입니다."

자신을 안고 입을 맞추는 '나'에게 마리아는 "이제 놔주세요. 나의 친구요, 애인이며, 구원자여"라고 말하는데, 그 말은 그가 그녀에게 들은 마지막 말이 되었다. 그날 밤 자정이 지나 마리아가 세상을 떠났다는 소식을 듣게 된 것이다. 주치의는 이 소식을 전하며 그녀가 남긴 편지 한 통을 건넨다. 거기에는 마리아가 그에게 주었고, 그가 다시 돌려주었던 반지가 동봉되어 있었다. 그 반지는 오래된 종이로 싸여 있었는데, 그 종이엔 그가 어린 시절 그녀에게 해주었던 말이 쓰여 있었다.

'당신의 것은 나의 것입니다. 당신의 마리아로부터.'

고작 몇 번의 대화와 짧은 키스, 포옹만을 했을 뿐이지만 두 사람의 사랑은 그 어떤 격정의 회오리보다 깊고 간절하며 아름답다. 그 사랑은 짧은 봄날처럼 흘러갔다. 그러나 사랑하는 이가 떠나도 사랑은 소멸되지 않는다. 그 사랑을 기억하는 한, 이별했어도 사랑은 끝이 아니다. 두 사람이 사랑했던 시간은 인생의 긴 겨울 속에서도 언제나 봄날일 테니까.

가브리엘 가르시아 마르케스
『콜레라 시대의 사랑』

☑ 51년 9개월 4일간의 기다림

현실과 환상을 넘나드는 남미의 대표 작가

『백년 동안의 고독』으로 노벨문학상을 수상한 가브리엘 가르시아 마르케스Gabriel García Márquez, 1927~2014는, 카리브해 연안의 작은 마을에서 태어나 외조부모 밑에서 성장한다. 어린 시절 외할아버지, 외할머니가 들려준 라틴아메리카의 수많은 전설과 민담은 그의 문학 세계를 이루는 중요한 축이 된다.

"나는 멋진 어린 시절을 보냈다. 외조부모의 커다란 집은 환영으로 가득 차 있었다. 외조부모는 풍부한 상상력을 지니고 미신을 신봉하던 사람들이었다. 구석구석마다 죽은 이들과 그 기억으로 가득 차 있었고, 그래서 오후 6시 이후에는 집에서 한 발짝도 움직일 수 없었다. 공포로 충만한 멋진 세계였다."

카프카의 『변신』을 읽고 크게 감명받은 그는 법학 공부를 그만두고 본격적인 작가 수업을 시작했다. 한때 파리의 지하철역에서 노숙자로 살며 구걸을 하기도 했던 그는 '마피아의 집'이라고도 불리던 자신의 집에 틀어박혀 하루에 여섯 갑의 담배를 피우며 집필에 몰두했다.

밸런타인데이 때마다 추천되는 책

『콜레라 시대의 사랑』은 낭만적 사랑 이야기다. 그래서 해마다 밸런타인데이가 되면 미국이나 중남미에서 추천도서 목록에 오른다. 영화 「세렌디피티」에서는 주인공들의 운명적인 인연을 이어주는 책으로 등장했고, 우리나라에서는 영화 「죽어도 좋아」의 모티브가 된 작품이기도 하다.

콜롬비아 카리브해의 어느 마을을 배경으로 19세기 말부터 1930년대까지 펼쳐지는 이 작품은 한번 걸리면 죽어야 했던 콜레라처럼 지독한 사랑을 한 남자의 이야기다. 책장을 열면 처음 사랑한 여자 페르미나를 다시 만나기 위해 51년 9개월 4일을 기다린 남자 플로렌티노의 이야기가 펼쳐진다.

우르비노 박사가 죽었다는 소식을 들은 플로렌티노는 장례식장에 찾아가 그의 부인 페르미나에게 말한다.

"페르미나. 반세기가 넘게 이 기회가 오길 기다리고 있었소. 나는 영원히 당신에게 충실할 것이며 당신이 영원한 나의 사랑이라는 맹세를 다시 한번 말하기 위해서 말이오."

소설은 51년 9개월하고도 4일 전의 기억으로 거슬러 올라간다. 가난한 청년 플로렌티노가 페르미나를 처음 본 것은 그녀의 집에 전보를 전하러 심부름을 갔을 때였다. 전보를 주고 나서는데, 정원에서 읽기 수업을 하는 여자의 목소리가 들린다. 수업을 하던 소녀가 눈을 들어 창밖을 보는데, 그 우연한 시선이 50년이 지나도 변치 않는 사랑의 시작이었다.

그날 이후 플로렌티노는 공원 벤치에 앉아 푸른 줄무늬 교복을 입고 머리에 리본을 단 페르미나가 지나갈 때까지 시집을 읽는 척한다. 고심 끝에 그녀에게 쓴 편지가 70장이나 되었다. 그 편지들은 하도 많이 읽은 탓에 외워 낭송할 수 있을 정도였다.

페르미나도 조금씩 그에게 끌림을 느끼고, 두 사람은 편지를 주고받으며 사랑을 키워간다. 플로렌티노는 잡화점의 뒷방에서 나오는 야자수 기름 램프의 연기에 건강을 해쳐가면서 한 글자 한 글자 써 내려간다. 시집을 여든 권이나 가지고 있었는데, 그 시인들을 모방해가면서 새벽 첫닭이 울 때까지 편지를 쓰는 아들에게 어머니는 충고한다.

"네 머리가 닳아 없어지겠구나. 그 정도로 가치 있는 여자는 이 세상에 아무도 없어."

하지만 그의 사랑에 시련이 닥친다. 페르미나의 아버지는 가난한 남자에게 딸을 줄 수 없다며, 두 사람 사이를 떼어놓기 위해 페르미나를 먼 곳으로 보내버린다. 돌아올 수 없는 여행임을 확신한 페르미나는 화장실에 들어가 두루마리 화장지를 뜯어 플로렌티노에게 보내는 간단한 작별 편지를 쓴다. 그리고 머리를 잘라 벨벳 상자 안에 넣고 편지와 함께 보낸다. 그렇게 두 사람은 헤어지고 페르미나는 의사인 우르비노 박사와 결혼한다.

그녀의 결혼 소식에 깊은 상처를 받은 플로렌티노는 증기선을 타고 여행을 떠난다. 실연의 상처를 입은 그는 돈과 명예를 얻겠다고 결심한다. 한편, 페르미나는 남편의 하녀에 불과한 힘든 생활 속에서도 결혼을 지키기 위해 노력한다. 바람을 피우는 남편을 붙들고 "내가 얼마나 불행한지 모르겠어요?"라고 하소연해봐도 남편은 결혼 생활에서 중요한 것은 행복이 아니라 안정이라고 답할 뿐이다.

플로렌티노는 그사이 카리브 하천 회사의 총수 자리에 오른다. 그녀를 잊기 위해 여러 여자와 만남을 이어가지만, 페르미나를 잊을 순 없었다. 그렇게 세월이 흘러 우르비노 박사가 세상을 떠나자 그녀를 찾아간 것이다. 그리고 오랜 세월 당신을 기다렸노라고 덥석 말해버린 것이다.

그러나 페르미나의 마음은 쉽게 열리지 않는다. 플로렌티노는 그녀를 처음 만나 사랑에 빠졌던 그때처럼 편지를 쓴다. 계속해서 인생과 사랑, 늙음과 죽음에 대한 명상을 담아 편지를 보내고, 그녀는 사흘에 한 번은 그의 편지를 받는다.

남편의 1주기가 다가오면서 마음이 조용한 숲으로 들어가는 것을 느끼는 페르미나. 플로렌티노의 편지가 그녀의 마음을 안정시켜왔던 것이다. 드디어 페르미나는 플로렌티노의 방문을 받아들인다.

"나는 변한 게 하나도 없습니다. 당신은요?"

이렇게 묻는 플로렌티노에게 페르미나는 말한다.

"이제 그런 게 뭐가 중요해요? 일흔두 살이 된 늙은이인데……"

그러나 플로렌티노는 "사랑은 시간과 장소를 막론하고 사랑이고, 죽음이 가까워질수록 사랑의 농도는 더 진해진다"고 하며 그녀와 함께 떠나는 여행을 계획한다. 두 사람은 증기선을 타고 여행을 떠난다.

이제 다시 각자의 집으로 돌아가는 것은 생각할 수 없게 된 두 사람. 선장이 그들에게 언제까지 여행할 거냐고 묻자 플로렌티노는 이렇게 대답한다.

"우리 목숨이 다할 때까지."

51년 9개월 4일 동안 매일 한 사람을 가슴에 품는 것, 그러니까 영원한 사랑이 가능한 것일까? 플로렌티노는 "단 하루도 그녀를 기억하게 하는 일이 일어나지 않고 지나가는 법이 없었기 때문에" 페르미나를 잊지 못했다고 말한다. 그에게 사랑은 전염병처럼 예기치 않게 찾아왔고, 전염병처럼 지독하게 그의 삶을 파고들었다.

콜레라처럼 한번 가슴을 침범하면 쉽게 나가지 않는 지독한 질병, 사랑. 이 병에 걸리면 평생 한 사람만 보이는 안경을 쓰고, 오직 한 사람의 목소리만 들리는 보청기를 끼게 된다. 잊고 살다가도 한순간 치통처럼 기억을 앓아야 하고, 다른 사랑을 하다가도 어느 순간 위경련처럼 급습하는 통증을 치러야 한다.

　'사랑은 영원하지 않다'라는 말은 아무래도 수정해야 할 듯하다. 사랑은, 시작은 있지만 끝이 없는 중독이다.

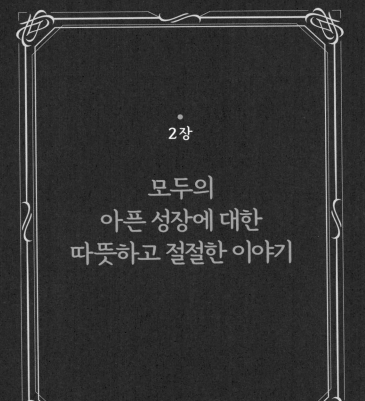

2장

모두의
아픈 성장에 대한
따뜻하고 절절한 이야기

J. M. 바스콘셀로스
『나의 라임오렌지 나무』

☑ 왜 아이들은 철이 들어야만 하나요?

브라질의 국민 작가 바스콘셀로스

작가인 동시에 조형 예술가였으며 연기상을 받은 배우이기도 한 J. M. 바스콘셀로스José Mauro de Vasconcelos, 1920~1984는 포르투갈계 아버지와 인디언계 어머니 사이에서 태어났다. 의대에 진학했지만 가난 때문에 학업을 그만두어야 했다.

이후 페더급 권투 선수의 트레이너, 교육부 청사 정원에 세워진 청년 상像의 모델, 바나나 농장 인부, 야간 업소의 웨이터, 막노동꾼, 어부, 초등학교 교사에 이르기까지 바스콘셀로스는 많은 직업을 전전했다. 힘겹게 삶을 이어가야 했던 경험들은 그의 문학 속에 고스란히 녹아 들어 있다.

단 12일 만에 완성된 불후의 명작

바스콘셀로스가 1968년 펴낸 『나의 라임오렌지 나무』는 다섯 살 꼬마인 제제의 성장소설이다. 그가 『나의 라임오렌지 나무』를 집필하는 데 걸린 시간은 단 12일. 하지만 그것이 가능했던 것은 그에 앞서 20여 년간의 구상 기간이 있었기 때문이다. 그는 자신의 글 쓰는 방식에 대해서 이렇게 말한 바 있다.

"나는 내 소설들을 단 며칠 사이에 쓴다. 하지만 그러기 위해 몇 년간 여러 생각을 곱씹으며 지낸다. 나는 피곤에 지쳐 완전히 뻗을 때까지 며칠간 밤낮없이 글을 쓸 수 있다."

다섯 살 제제는 실직한 아빠와 공장에 다니는 엄마, 세 누나와 형, 동생과 함께 살아간다. 장난꾸러기지만 사랑스러운 제제. 성탄절에 선물 하나 못 받는 것이 슬프고 화가 나서 아버지에게 상처를 주고 마는데, 그래놓고 미안한 마음이 들어서 구두를 닦아 아버지한테 비싼 담배를 선물한다. 슬픈 눈을 하고 있는 아버지를 기쁘게 해드리기 위해 거리의 악사에게서 배운 야한 가사의 탱고를 불렀다가 호된 손찌검을 당하기도 한다.

제제네 가족은 이사를 오게 되는데, 그곳에서 마당에 심겨 있는 라임오렌지 나무를 만난다. 제제는 라임오렌지 나무에 '밍기뉴'라는 이름을 지어주고 어떤 얘기든 다 나누는 친구가 된다.

어느 날 제제는 포르투갈 사람인 마누엘 발라다리스의 자동차 뒤에 매달려 가다가 들켜서 크게 망신을 당한다. 나중에 복수하겠다고 마음먹고 있었는데, 그는 유리 조각에 발을 다친 제제를 병원에 데려가 주고 따뜻하게 감싸준다. 그 뒤로 제제는 포르투갈인을 '뽀르뚜가'라고 부르고 둘은 가까워진다.

어느 날 매를 잔뜩 맞고 온 제제는 식구들이 자신을 습관처럼 때린다는 사실을 뽀르뚜가에게 고백한다. 가족들이 자신을 쓸모없는 녀석이라고, 새끼 악마 같다고, 페스트균같이 지독한 악질이라고 말한다는 것도. 장난 치고 싶은 마음을 참을 수 없어 일을 저지르고 그 때문에 늘 호되게 매를 맞지만 제제는 너무나 사랑스러운 아이다. 그런 제제에게 뽀르뚜가 아저씨는 말한다.

"너는 이 포르투갈인의 낡은 마음에 기쁨을 채워주는구나."

뽀르뚜가는 제제가 우울해하자 차 뒤에 달린 자동차 바퀴를 가리킨다. 그리고 천천히 차를 몬다. 제제는 거기에 박쥐처럼 꽉 매달려 신나게 달린다. 제제는 뽀르뚜가 아저씨에게 말한다.

"뽀르뚜가!"

"응."

"전 절대로 당신 곁을 떠나고 싶지 않아요. 왜냐하면 당신은 세상에서 제일 좋은 사람이니까요. 당신 곁에 앉아 '내 가슴속에 행복으로 물든 즐거움의 햇빛이 있다'는 것을 누리고 있는 나를 흉보는 사람은 아무도 없을 거예요."

가족의 구타에 지친 제제는 작별 인사를 하기 위해 뽀르뚜가를 찾아간다. 이제 매 맞고 구박받는 데 지쳤다며 오늘 밤 망가라치바(기차)에 뛰어들기로 했다는 제제를 꼭 껴안고 뽀르뚜가는 말한다.

"다 잊게 될 거야. 넌 연날리기 챔피언도 되고, 구슬치기 왕도 될 거야. 게다가 벅 존스처럼 훌륭한 카우보이도 될 거다."

어느 날 제제는 자신이 사랑하는, 자신을 사랑해주는, 너무나 소중한 뽀르뚜가 아저씨가 망가라치바에 치여 죽었다는 소식을 학교에서 접하게 된다. 제제는 교실을 뛰어나가 정신없이 달린다. 가슴이 위경련보다 더 심하게 쓰려온다.

제제는 슬픔에 겨워 며칠 동안 앓아눕는다. 아무것도 먹지 못하고 점점 여위어간다. 시간이 가는 줄도 모르고 벽만 바라보는 제제에게 의사는 '쇼크'라는 진단을 내린다. 죽을 듯한 고통에 시달리다 겨우 일어난 아침, 누나가 하얀 꽃 한 송이를 들고 방에 들어선다.

"이것 봐, 제제! 밍기뉴의 첫 번째 꽃이야. 그도 어른 오렌지 나무가 되고 있어. 이젠 오렌지도 열리게 해줄 거야."

세월이 지난 후, 48세의 어른이 된 제제는 뽀르뚜가에게 편지를 쓴다.

"제게 딱지와 구슬을 주신 분은 당신이셨습니다. 그리고 제게 사랑을 가르쳐주신 분도 바로 당신이셨습니다. 요즘도 전 가끔 딱지와 구슬을 나눠 주곤 합니다. 왜냐면 사랑이 없는 인생은 별로 위대한 것이 아니기 때문입니다."

그리고 이렇게 책은 마무리된다.

"왜 아이들은 철이 들어야만 하나요?"

아무런 관계도 없던 한 사람의 어른이 한 아이에게 사랑을 베
풀었고, 그 사랑 덕분에 그 아이는 훌륭하게 성장할 수 있었다.
이것이 바로 사랑의 마법이 아닐까? 나를 위해 눈물 흘려주는
한 사람의 사랑만 있다면 우리는 힘을 내어 다시 살아갈 수 있
다. 어른이 된 제제는 뽀르뚜가에게 받았던 사랑을 다른 아이들
에게 다시 베푼다. 사랑은 주고 나면 마술을 부려 그곳에 꽃을
피운다. 지금 이 순간도 누군가의 사랑이 누군가의 마음에 하얀
오렌지 꽃으로 피어나고 있다.

앙투안 드 생텍쥐페리
『어린 왕자』

✔ 중요한 건 눈에 보이지 않는다

진짜 어린 왕자를 만나러 간 것은 아닐까

1944년 7월 31일 앙투안 드 생텍쥐페리Antoine Marie Roger De Saint Exupéry, 1900~1944가 실종됐다. 오전 8시 30분 지중해 코르시카섬 미 공군기지를 출발한 그는, 연료 소진 시한인 오후 2시 30분이 지났는데도 돌아오지 않았다. 1921년 공군에 입대, 비행 기술을 배운 생텍쥐페리는 제대 후 우편 비행사업을 시작했다. 그는 이 경험을 바탕으로 『남방우편기』, 『야간비행』 등의 작품을 발표했으며, 1, 2차 세계대전에 종군 비행사로 참전해 행동하는 문인으로 평가받았다.

생텍쥐페리가 『어린 왕자』를 출간한 것은 1943년의 일이다. 그런데 그는 1년 만에 하늘을 날다가 어디론가 사라져버렸다. 그의 모습을 영영 지구에서 볼 수 없게 된 것이다. 독일에 점령된 조국 프랑스 정찰에 나섰다가 실종될 당시 그의 나이 44세. 최고령 비행사로 마지막 출격 허락을 받고 작전에 참가한 길이었다. 『어린 왕자』 발표 다음 해에 벌어진 그의 실종에 많은 사람들이 상상하곤 했다. '혹시 그는 어린 왕자가 사는 소행성으로 여행을 떠난 건 아닐까? 그래서 진짜 어린 왕자를 만난 것은 아닐까?' 하고.

어른들에겐 안 보이고 어린아이의 눈에만 보이는 것들

어른들의 어린 시절에 바치는 동화 『어린 왕자』에는 생텍쥐페리가 직접 그린 그림에다 아름다운 상상과 명구가 넘쳐난다. 잃어버린 순수를 되찾고 삶의 속도와 인생의 방향을 조정하는 데 필요한 나침반 같은 작품이다.

『어린 왕자』의 첫 장을 펼치면 코끼리를 삼키고 있는 보아 구렁이 그림이 나온다. 아이는 그 그림을 어른들에게 보여주며 무섭지 않느냐고 묻고, 어른들은 모자가 뭐가 무섭냐고 한다. 모자 속에 보아 구렁이가 들어 있는 것을 모르는 어른들이 야속하기만 한 그 아이가 자라 비행기 조종사가 되었다. 그리하여 세계를 날아다녔다.

조종사인 '나'는 여섯 해 전 비행기 엔진이 고장 나는 바람에 사하라 사막에 불시착한다. 그때 이상한 복장을 한 어린아이를 만나는데, 그 소년은 아주 작은 소혹성의 왕자였다. 양을 그려달라는 요청에 못 이겨 어린 왕자에게 그림을 그려주는데 번번이 퇴짜를 맞는다. 결국 상자 하나를 그리고는 "네가 갖고 싶어하는 양이 그 안에 있다"고 했더니 "내가 갖고 싶었던 게 바로 이거야!" 하며 좋아한다.

　어린 왕자의 별에는 세 개의 화산과 한 송이의 장미가 있었다. 아름답기는 하지만 투정 부리기 좋아하는 장미 때문에 어린 왕자는 쓸쓸했다. 그래서 자기 별을 떠나 여행길에 올랐고, 여섯 개의 다른 별들을 순례하고는 마지막으로 지구에 내린 것이었다.

　그가 방문한 첫 번째 별에는 군림하려 들고 명령만 할 줄 아는 왕이 살고 있었다. 두 번째 별에는 남들이 박수쳐 주기만을 바라는 허영꾼이 살고 있었다. 세 번째 별에는 술을 마시는 게 부끄러워 그걸 잊기 위해 술을 마시는 술꾼이 살고 있었다. 네 번째 별에는 우주의 5억 개 별이 모두 자기 것이라며 되풀이해

세는 상인이 살고 있었다. 다섯 번째 별에는 1분마다 한 번씩 불을 켜고 끄는 점등인이 살고 있었다. 여섯 번째 별에는 아직 자기 별도 탐사해보지 못한 지리학자가 살고 있었다.

어린 왕자가 만난 이들은 모두 우리 어른들의 모습이었다. 군림하려 들고, 허영 속에 살고, 허무주의에 빠져 살고, 물질만능주의에 빠져 살고, 기계문명에 익숙해져 인간성을 상실한 채 살고, 이론만 알고 행동은 결여된 채 살고 있는 모습을 어린 왕자에게 들켜버린 것이다.

지구에 도착한 어린 왕자는 우연히 아름다운 장미가 가득 피어 있는 정원을 보고 슬퍼서 울고 만다. 단 하나의 장미를 갖고도 부자라고 생각했던 자신이 초라해진 것이다. 쓸쓸한 어린 왕자는 여우에게 친구가 되자고 하지만, 아직 서로를 길들이지 않아서 친구가 될 수 없다는 말을 듣는다. 길들인다는 것이 무엇인지 묻자 여우는 서로에게 서로가 필요하게 되고, 단 하나밖에 없는 존재가 되는 것이라고 말해준다.

작별 인사를 할 때 여우는 어린 왕자에게 선물로 비밀 하나를 가르쳐준다.

"아주 간단한 거야. 잘 보려면 마음으로 보아야 해. 가장 중요한 것은 눈에는 보이지 않거든."

그리고 이런 말도 해준다.

"네 장미가 네게 그렇게도 소중한 것은, 그 장미를 위하여 네가 잃어버린 시간 때문이야. 사람들은 이런 진리를 잊고 있어. 그러나 너는 그것을 잊어서는 안 돼. 언제나 네가 길들인 것에 대해서는 책임을 져야 해. 넌 네 장미에 대해 책임이 있는 거야."

길들인다는 것에 대해 알게 된 어린 왕자는 정원에 핀 그 수많은 꽃들이 자신의 장미와 조금도 닮지 않았다는 것을 알게 된다. 그 꽃에 물을 주고 돌보아주고 얘기를 들어준 것은 "내 꽃이기 때문"이었다.

여우와 헤어진 어린 왕자는 철도원과 약장수를 거쳐 조종사인 '나'를 만나게 된다. '나'는 추락한 지 여드레째 되는 날 물이 떨어진다. 어린 왕자와 함께 샘을 찾아 나서는데, 별들이 보인다. 어린 왕자는 "별들이란 보이지 않는 꽃 때문에 아름다운 것"이고, "사막이 아름다운 건 어디엔가 우물이 숨어 있기 때문"이라고 말한다.

지구에 온 지 1년이 되는 날, 어린 왕자는 두고 온 장미를 책임지기 위해 자기 별로 돌아가기로 결심한다. 그와 헤어져야 한다는 것에 더없는 슬픔을 느끼는 '나'를 어린 왕자는 이렇게 위로한다.

"아저씨가 밤에 하늘을 바라보면 내가 그 별 중의 하나에서 살고 있고, 내가 그 별 중의 한 별에서 웃고 있으니까 아저씨에게는 모든 별이 다 웃고 있는 것처럼 보일 거야. 아저씨는 웃을 줄 아는 별들을 갖게 될 거야."

그러면서 덧붙인다.

"아저씨, 나도 별을 쳐다볼 테야. 모든 별은 녹이 슨 도르래가 있는 우물이 되겠지. 그 별들은 내게 마실 물을 퍼줄 거야. 그건 아주 재미있겠어! 아저씨는 5억 개의 방울을 갖는 거고, 나는 5억 개의 샘물을 갖는 거야."

그와 작별한 '나'는 고향에 돌아간다. 그리고 밤에 5억 개의 방울 소리 같은 별들의 웃음소리를 들으며 어린 왕자를 그리워한다.

별 속에서 웃음소리를 내며 어린 왕자는 묻고 있다. 왕사탕 하나를 물면 온 세상을 다 얻은 것 같던 어린 시절, 그 순수는 어디로 가버린 것이냐고. 세상에 밝은 빛을 주는 존재가 되리라는 꿈은 어디로 가버린 것이냐고.

실종되어버린 순수의 행방을 찾아서, 잃어버린 지도의 행방을 찾아서, 두근두근 설렘의 행방을 찾아서 내 마음속을 여행해본다면 별 사이에서 웃고 있는 어린 왕자를 만날 수 있지 않을까.

헤르만 헤세
『데미안』

☑ 태어나려는 자는 하나의 세계를 파괴해야 한다

반항아, 훗날 노벨문학상을 받다

헤르만 헤세Hermann Hesse, 1877~1962는 1877년 독일의 작은 마을 칼브에서 태어났다. 아버지는 인도에서 선교사로 일한 바 있고, 어머니는 선교사의 딸로 인도에서 태어났다. 그의 아버지는 늘 "우리는 아시아로 간다"고 말했고, 헤세 또한 "나는 이미 오랜 세월 아시아로 가는 도중에 있다"라고 말했다.

헤세는 15세 때 '시인이 아니라면 아무것도 되고 싶지 않다'는 결심을 굳히고 신학교에서 도망쳤고, 시계 공장과 서점에서 수습사원으로 일했다. 심약한 헤세는 자살을 기도하는 등 질풍노도의 청소년기를 보냈는데, 『한 편의 전기』에서 이렇게 고백한 바 있다.

"나는 비눗물 풍선처럼 터지기 쉬운 나약함을 지니고 있었다. 소년 시절에는 규율이라면 그것이 어떤 것이든 비뚤어진 태도를 취했다. '너는…… 하지 말라'는 말을 듣기만 해도 내 마음은 그것을 외면했고 완전히 얼어붙었다."

『데미안』, 자신의 의미를 찾아가는 과정

현대의 성서로까지 불리고 있는 1919년에 출판된 헤르만 헤세의 『데미안』은 제1차 세계대전에서 중상을 입은 청년 싱클레어의 수기手記 형식으로 되어 있다. 싱클레어는 헤세와 고향이 같은 광기의 천재 시인 횔덜린이 마음으로 의지했던 친구의 이름이다. 그리고 데미안은 '악령에 붙잡힌 것'이라는 그리스어에서 유래한다.

『데미안』의 머리말에서 헤세는 주제를 던진다.

"우리 모두는 같은 기원, 어머니, 심연에서 태어났다. 하지만 심연의 시도이자 산물인 인간은 누구나 각자의 목적을 향해 나아간다. 우리는 서로를 이해할 수는 있으나 해석할 수 있는 것은 오직 자기 자신뿐이다."

라틴어 학교에 다니는 중산층 아이 에밀 싱클레어는 이 세상에 선과 악, 질서와 혼돈, 명암으로 나뉘는 두 개의 세계가 있음을 알게 된다. 밝고 올바른 부모님의 세계에서 안락함을 누리며 자랐지만, 눈과 귀를 돌리면 어둠의 세계가 그를 둘러싸고 있었다. 싱클레어는 이웃에 사는 불량소년 크로머로 인해 악의 세계로 들어가게 된다. 크로머는 싱클레어가 그에게 잘 보이기 위해서 했던 거짓말을 빌미로 돈을 요구한다. 그 때문에 싱클레어는 부모님의 돈을 훔치게 되고, 크로머의 협박은 점점 강도를 높여 간다.

"모레 오후에 내가 휘파람을 불면 그땐 제대로 계산을 끝내자고. 내 휘파람 소리 알지?"

그 휘파람 소리는 싱클레어의 어린 시절의 추억을 파괴하는 소리다. 크로머의 끝없는 협박에 시달리던 그때, 싱클레어를 고통에서 건질 구원이 예기치 않은 방향에서 온다.

싱클레어의 학교로 전학 온 상급반 학생이 있었다. 부유한 부인의 아들인 막스 데미안과 합반 수업을 받게 된 후 싱클레어는 그에게 매혹당한다. 카인과 아벨에 대해 배우고 그에 대한 작문을 하고 있는 그의 얼굴은 총명하고 침착했다. 집으로 가는 길에 데미안이 묻는다.

"이마에 표를 지닌 카인의 이야기였어, 그렇지? 그 이야기가 마음에 드니?"

데미안은 그 '표적'에 대해 이렇게 해석한다.

"어떤 남자가 있었고, 그 남자의 얼굴에는 다른 사람들에게 두려움을 주는 무언가가 있었던 거지. 사람들은 감히 그 남자를 건드리지 못했어. 아마도, 아니 분명 이마에 있는 표는 우편물 소인 같은 것은 아니었을 거야. 삶에서 그렇게 노골적으로 드러나는 것은 드물거든. 오히려 거의 알아챌 수 없는 섬뜩한 무언가였을 거야. 사람들이 익숙한 것보다 더 많은 정신과 대담함이 그의 눈빛에 깃들어 있었겠지. 그 남자는 힘이 있었고 그래서 사람들은 그를 두려워했지."

하루는 크로머에게 또 협박을 당하고 집으로 가는 길에 데미안을 만난다. 싱클레어에게서 불안의 기미를 느낀 데미안은 누군가를 두려워한다면, 그건 자기를 지배하는 힘을 누군가에게 내줘버렸기 때문이라고 말한다. 그 후, 크로머의 휘파람 소리가 뚝 그친다. 데미안은 싱클레어에게 말한다.

"혹시라도 그 녀석이 다시 네 앞에 나타나면—그럴 리는 없겠지만 워낙 뻔뻔한 녀석이니까—데미안을 떠올려보라는 말만 해."

싱클레어는 데미안의 도움으로 크로머의 협박에서 놓여나고, 그 후 두 사람의 새로운 관계가 시작된다. 상급생이지만 같이 견진성사 수업을 듣게 된 데미안은 그의 옆자리에 앉아 그에게 많은 이야기를 들려준다. 이를 통해 싱클레어는 선악의 이분법적 구분과 가르침이 절대적인 것이 아님을 알게 된다. 종교와 철학, 인생에 대한 해박한 지식을 가진 데미안은 가끔 내면의 세계에 깊이 잠겨 있곤 했는데, 그런 그가 싱클레어에게는 도달할 수 없는 먼 존재로 느껴진다.

그렇게 유년 시절을 보낸 싱클레어는 상급학교에 진학하기 위해 집을 떠나게 된다. 자아를 찾는 그의 여정이 시작되고, 고독과 방황의 시기를 보낸다. 어둠의 세계 속으로 뛰어든 싱클레어는 그 세계에서 아주 근사한 녀석으로 통하게 된다. 최연소 폭주자, 주막집의 단골로 살아가지만 마음으로는 늘 괴로워한다. 철면피 향락아인 척했으나 사실 그는 외로웠던 것이다. 그의 마음은 사랑에 대한 격렬한 동경과 가망 없는 그리움으로 가득 차 있었다.

그러던 어느 날, 싱클레어는 봄날의 공원에서 아름다운 여인을 만나고, '베아트리체'라고 이름 붙인다. 한 번도 이야기를 나눈 적은 없었지만 베아트리체에 대한 숭배는 그를 완전히 변화시킨다. 이제 그는 나쁜 생활 습관을 청산하고 밝은 세계로 돌아오기 위해 노력한다. 싱클레어는 그림을 그리기 시작하는데, 드디어 하나의 얼굴을 완성시킨다. 그런데 그 얼굴은 데미안을 닮아 있었다.

싱클레어는 술집에 드나들던 시절, 방학 때 거리를 배회하다 잠깐 데미안과 해후한 적이 있었다. 그때 데미안이 한 말이 싱클레어의 가슴을 친다.

"우리 안에는 내면의 모든 것을 알고, 모든 것을 원하고, 우리 자신보다 뭐든지 더 잘하는 누군가가 있다는 것을 아는 것은 좋은 일이야."

데미안에 대한 그리움이 강렬해지고, 심지어 그가 꿈에까지 등장한다. 꿈속에서 데미안은 싱클레어에게 집 대문에 새겨진 새 문장紋章을 삼키라고 하는데, 그것을 삼키자 새가 살아나 그의 뱃속을 쪼아대는 것처럼 느껴진다. 잠에서 깨어난 싱클레어는 커다란 새 그림을 그려 아무것도 적지 않고 데미안의 옛 주소로 부친다.

데미안의 회답은 놀라운 방법으로 전달된다. 싱클레어는 강의 시간이 끝나고 쉬는 시간에 책갈피 사이에 종이쪽지가 한 장 꽂혀 있는 것을 발견한다. 누가 보냈을까, 의아해하며 펴보니 이런 글이 적혀 있었다.

"새는 힘겹게 알을 깨고 나온다. 알은 세계다. 태어나려는 자는 하나의 세계를 파괴해야 한다. 새는 신을 향해 날아간다. 신의 이름은 아브락사스다."

데미안의 답장임을 알게 된 싱클레어는 아브락사스가 무엇인지 궁금해진다. 그때 데미안이 종교 수업 시간에 했던, 무언가를 강렬하게 원하면 이루어진다는 말이 떠오른다. 그런데 놀랍게도 강독 수업 시간에 선생님이 '아브락사스'에 대한 강의를 하는 게 아닌가!

"오늘날에도 일부 미개한 민족들의 마법에 쓰이는 악마의 이름이라고 여기죠. 하지만 아브락사스는 훨씬 더 많은 의미를 지닌 것으로 보여요. 우리는 이 이름이 신적인 것과 악마적인 것을 결합하는 상징성을 지닌 신성을 가리키는 이름이라고 생각할 수 있습니다."

어느 날 싱클레어는 시내를 걷다 오르간 소리에 이끌려 교회에 들어가게 되고, 오르간을 치고 있던 목사의 아들을 만난다.

그는 탈선하고 방황하다가 신학 공부를 팽개치고 교회에서 오르간을 연주하는 청년 피스토리우스였다.

"우리 안에 있는 현실 말고 다른 현실은 없어요. 그래서 대부분의 사람들이 그렇게 비현실적으로 사는 겁니다. 외부의 형상을 현실이라 여기고 자신의 고유 세계에는 발언할 기회를 주지 않기 때문이죠. 그렇게 살아도 행복할 수는 있어요. 하지만 일단 다른 것을 알고 나면, 다른 사람들이 가는 길을 걸어갈 수 있는 기회가 더 이상 없어요. 싱클레어, 대부분의 사람들이 가는 길은 쉽고, 우리가 가는 길은 어려워요. 그래도 우리는 우리의 길을 갑시다."

데미안과 똑같은 말의 울림을 가지고 있는 피스토리우스와의 대화 속에서 싱클레어는 허물을 벗고 내부의 껍질을 부순다. 싱클레어의 황금빛 새는 아름다운 머리를 산산이 부서진 세계의 껍질 밖으로 내밀고 있었다.

대학 진학을 앞둔 방학에 싱클레어는 데미안을 만나 그의 집으로 간다. 거기서 싱클레어는 데미안 어머니의 사진을 보게 되는데, 놀랍게도 싱클레어의 꿈속에 나타나는 그 얼굴이었다. 모성적인 표정에 엄격함과 깊은 정열을 지닌, 키가 크고 거의 남자와 같은 느낌을 주는 여자의 모습, 아름답고 매력적이며 친근하지만 접근하기 힘든, 운명인 동시에 애인인 바로 그 얼굴……. 그 꿈의 모습이 지상에 존재한다는 사실을 데미안의 집에서 알게 된 싱클레어는 충격을 받는다.

몇 주가 지나 싱클레어는 대학에 입학했지만 모든 것이 실망 스럽기만 했다. 그러던 어느 날, 그는 거리에서 우연히 데미안을 만난다. 데미안은 싱클레어가 여전히 그 표를 지니고 있어 곧바 로 알아볼 수 있었노라고 말한다.

"네가 아직 기억하는지 모르겠지만, 우리는 예전에 그것을 카인의 표라고 불렀어. 그건 우리의 표야. 너는 늘 그 표를 지니고 있었어. 그래서 난 너와 친구가 된 거야. 지금은 그것이 더욱 뚜렷해졌네."

싱클레어는 데미안의 집에서 자신이 그려서 보낸 새 그림이 액자로 걸려 있는 것을 보게 된다. 그리고 데미안의 어머니 에바 부인을 처음 만나, 그녀에게서 시간과 나이를 초월한 아름다운 기품을 발견한다.

"싱클레어, 당신이 아직 어린 소년이었을 때 어느 날 아들이 학교에서 돌아오더니 말했어요. 이마에 표를 지닌 아이가 있는데 그 아이랑 반드시 친구가 되겠다고 말이죠. 그 아이가 바로 당신이었어요."

에바 부인은 싱클레어의 방황기에도 데미안은 친구를 믿었다며, '비록 표는 가려져 있지만 은밀히 타오르고 있다'고 믿었다고 전해준다. 그리고 싱클레어는 에바 부인에게서 모성적인 연인의 모습을 발견하고 그녀를 사랑하게 된다.

1차 세계대전이 일어나고 데미안과 싱클레어는 각각 참전한다. 이제 앞으로 그녀를 볼 수 없다는 생각에 힘들어하는 싱클레어에게 에바 부인은 말한다.

"이제 당신은 부르는 법을 알게 됐어요. 그러니 표를 지닌 누군가가 필요해지면 언제든지 다시 불러요."

싱클레어는 전쟁 중 부상을 당해 야전병원으로 옮겨지는데, 그를 찾아온 데미안이 말한다.

"너는 어쩌면 언젠가 나를 다시 필요로 할지도 몰라. 크로머나 아니면 다른 일들 때문에 말이야. 네가 나를 부른다고 해도 이제 나는 말을 타거나 기차를 타고 무작정 올 수는 없을 거야. 그러면 너는 내면의 목소리에 귀를 기울여야 해. 그러면 내가 네 안에 있다는 것을 알게 될 거야."

그러면서 데미안은 "에바 부인이 당부했다"고 하며 싱클레어에게 에바 부인의 입맞춤을 전한다.

다음 날, 싱클레어는 거울 속에서 그동안 동경해온 데미안, 친구이자 지도자인 데미안과 똑같은 자신의 모습을 본다. 껍질을 깨는 아픔을 겪고 난 싱클레어가 자신의 존재를 확인하는 순간이었다.

싱클레어가 자신의 친구가 되리라는 것을 데미안이 알아보게 했던 이마에 새겨진 표……. 과연 우리에게는 어떤 표가 새겨져 있을까.

피스토리우스는 싱클레어에게 당신은 호흡 조절기, 그러니까 물고기의 평형기관인 부레를 가지고 있으니 껍질을 깨고 날아간다 해도 밑바닥으로 끝없이 굴러떨어지는 일은 없을 거라고 말했다. 부레를 가진 것처럼 자신의 내부를 수시로 방문해보고 마음이 가는 방향과 호흡을 조절할 수 있는 사람이라면 이런 표가 새겨져 있지 않을까?

'이 사람은 마음에 힘이 있습니다. 그러므로 자신의 추락을 막을 수 있습니다.'

달콤한 악의 세계를 동경하는 욕망, 나를 감싸고 있는 알 안에서 안주하려는 안일함, 그 욕망과 안일함에 한 번이라도 정면으로 마주한 적이 있는가? 청춘, 그 푸르고도 긴 터널을 우리와 똑같이 힘겹게 건너간 싱클레어는 『데미안』을 통해 우리에게 이

렇게 말하고 있는 듯하다. 혼자 알을 깨는 고통을 겪은 자만이
자신에 대한 인생의 해명을 할 수 있다고. 그리고 날개가 꺾이는
일 없이 날아오를 수 있다고.

마크 트웨인
『허클베리 핀의 모험』

☑ 뗏목 위에서 펼쳐지는 자유와 모험의 세계

미국의 셰익스피어, 미국 문학의 링컨

마크 트웨인Mark Twain, 1835~1910의 본명은 새뮤얼 랭혼 클레먼스다. 1863년 마크 트웨인이라는 필명을 사용하기 시작했는데, '미국의 셰익스피어'이자 '미국 문학의 링컨'으로 일컬어진다. W. L. 펠프스는 이렇게 주장했다. "마크 트웨인은 철두철미한 미국인이다. 만약 외국인이 미국 정신의 실체를 알고 싶다면 마크 트웨인을 읽게 하라."

소설 『허클베리 핀의 모험』의 맨 앞장에는 아주 재밌는 경고문이 붙어 있다.

"이 이야기에서 어떤 동기를 찾으려고 하는 자는 기소할 것이다.

이 이야기에서 어떤 교훈을 찾으려고 하는 자는 추방할 것이다.

이 이야기에서 어떤 플롯을 찾으려고 하는 자는 총살할 것이다."

– 지은이의 명령에 따라 군사령관 G. G.

이 익살스러운 문구에서처럼 허클베리 핀은 모범생이 아니다. 불량하고 짓궂은 아이다. 『톰 소여의 모험』 중에서 허클베리 핀은 친구인 톰 소여와 함께 도둑을 잡아 큰돈을 손에 넣게 된다. 이 소설은 그 직후부터의 이야기다.

불이 나서 한 권의 책만을 갖고 나가야 한다면

출간 당시에는 학생들에게 읽혀서는 안 되는 금서로 지정되기도 했지만, 이 작품을 읽지 않고는 미국 문학을 제대로 말할 수 없다 해도 과언이 아니다. 문학 비평가인 레슬리 피들러는 "만일 우리 집에 불이 나서 한 권의 책만을 갖고 나가야 한다면 나는 기꺼이 『허클베리 핀의 모험』을 가지고 나가겠다"라고 말했다. 헤밍웨이도 "미국의 모든 현대 문학은 이 소설 한 권에서 비롯되었다"고 극찬했다.

마크 트웨인은 어릴 적부터 인쇄소 견습 식자공, 저널리스트, 출판업자 등 여러 직업을 전전하며 다양한 경험을 쌓았는데, 20대에는 미시시피강을 운행하는 증기선에서 수로 안내원으로 근무한 적이 있다. 미시시피강 주변을 배경으로 한 이 소설은 그때 경험의 산물이다. 『톰 소여의 모험』, 『미시시피강의 추억』까지 미시시피강을 배경으로 한 세 편의 소설을 '미시시피 3부작'이라고 한다.

열네 살 나이에 학교는 취미 생활쯤으로 다니는 허클베리 핀. 그를 교화하고자 하는 마을 목사의 주선으로 과부인 더글러스 아줌마가 헉을 입양한다. 하지만 불량소년 헉에게 '교양 있는 사람'이 되기 위한 교육은 맞지 않는다.

그러던 어느 날 행방불명되었던 술주정뱅이 아버지가 헉 앞에 다시 나타난다. 아들에게 큰돈이 있다는 사실을 알게 된 아버지는 돈을 뜯어내려고 헉을 미시시피강 상류 섬의 통나무집에 가둔다. 헉은 아버지에게서 벗어나기 위해 죽은 것으로 위장하고 탈출한다.

카누를 타고 아무도 살지 않는 섬에 몰래 숨어 들어간 헉은 그곳에서 흑인 노예 짐을 만난다. 더글러스 아줌마의 여동생인 왓슨 부인의 노예였던 짐은, 멀리로 팔아버리겠다는 주인의 말을 듣고는 도망쳐 나온 길이었다. 짐에게는 아내와 예쁜 딸이 있었는데, 그는 가족들과 멀리 떨어지기 싫어 이곳으로 숨어든 것이었다.

이렇게 헉과 짐, 둘은 도망자 신세가 되고 만다. 더구나 헉의 아버지가 짐에게 누명을 씌우는 바람에 사람들은 모두 짐이 헉을 살해한 것으로 알고 있는 상황. 이제 집으로 돌아갈 수 없게 된 두 사람은 홍수에 떠내려온 뗏목을 타고 미시시피강을 따라 남쪽으로 내려가며 모험을 한다.

양식을 구하기 위해 난파선에 올랐다가 강도짓을 하고 살인까지 저지른 악당을 만나기도 하고, 원한 때문에 두 귀족 가문이 서로 원수가 되어 혈투를 벌이는 것을 목격하기도 한다. 또 뗏목에 태워준 왕과 공작이라는 사기꾼에게 이용당하는 신세가 되기도 한다.

그 사기꾼들은 짐과 헉을 위협해 뗏목을 강변 마을마다 멈추게 하고는 마을에서 이런저런 사기 행각을 벌여 큰돈을 거머쥔다. 그러다 한번은 초상집을 찾아가 죽은 이의 형제라고 속여 재산을 가로채려는데 진짜 상속인이 나타나는 바람에 가까스로 도망쳐 나오게 된다. 거금을 손에 쥐지 못한 공작과 왕은 짐을 탈주 노예라며 40달러에 팔아버린다.

나중에 사기꾼 왕과 공작은 온갖 만행이 발각되어 무참하게 끌려간다. 사람들은 그들의 몸에 타르를 칠하고 깃털을 꽂아 철봉대에 싣고 다니며 죽음에 이르게 하는데, 그 광경을 본 헉은 이렇게 읊조린다.

"인간의 양심이란 사물의 이치를 깨닫지 못하고 인간을 탓할 뿐이었습니다. 만일 인간의 양심만큼 사물의 이치를 깨닫지 못하는 똥개가 있다면, 난 그놈을 잡아 독살해버리고 말 겁니다. 양심이란 인간의 내장 모두가 차지하는 것보다도 더 큰 장소를 차지하고 있으면서도 아무 소용에도 닿지 않는 겁니다."

헉은 짐을 찾으러 뗏목으로 달려가지만 그는 이미 팔려 간 뒤였다. 헉은 짐의 모습을 떠올린다. 짐은 헉에게 "이 세상에서 가장 좋은 친구이자 하나밖에 없는 친구"라고 말해준 사람이었다. 어느 날인가는 무릎 사이에 얼굴을 묻고 멀리 떨어져 있는 아내와 딸을 생각하며 흐느껴 울던 사람이었다. 헉은 마침내 짐을 구해내기로 마음먹는다.

헉은 위험을 무릅쓰고 짐이 있는 곳을 찾아낸다. 짐은 톰 소여의 숙모 집에 감금되어 있었다. 톰 소여와 헉은 머리를 맞대고 짐을 탈출시킬 계획을 짠다. 좌충우돌 이런저런 시도 끝에 짐을 데리고 도망치던 톰은 다리에 총상을 입고 만다. 헉은 짐에게 톰의 치료는 자신에게 맡겨두고 어서 도망치라고 말하지만 짐은 여기서 한 걸음도 갈 수 없다고 말한다. 이때 헉은 '짐의 마음은 눈처럼 희다'고 생각한다.

짐은 톰을 위해 의사를 부르러 갔다가 다시 체포되고 만다. 하지만 그의 주인이었던 더글러스 아줌마의 여동생이 죽으면서 짐을 자유인으로 해방시킨다는 유언을 했다는 사실이 밝혀지며 짐은 자유의 몸이 된다. 헉 또한 자신의 아버지가 죽었다는 사실을 알게 되고, 짐처럼 자유의 몸이 된다.

마크 트웨인은 『톰 소여의 모험』에서 이렇게 썼다.

"우리는 평생 미합중국의 대통령 같은 사람이 되기보다는, 단 1년만이라도 좋으니 무법자가 되고 싶은 것이다."

그의 이러한 자유정신은 『허클베리 핀의 모험』에도 스며들어 있다. 그래서 이 책을 읽는 동안 우리는 뗏목을 타고 자유로이 미시시피강을 따라 흘러가며 벌이는 그들의 모험에 빠져들고 매력을 느낀다.

유토피아는 어디일까? 문명과 기술이 있어서 편리한 땅 위의 세상일까, 위기 상황이 도처에서 벌어지지만 모험과 자유가 있는 뗏목 위의 세상일까? 제도와 상식을 떠나 인간 자체를 바로 볼 줄 알고, 나태와 안주를 거부하는 자유정신, 그것이 인간의 가치를 결정짓는 요소는 아닐까.

허클베리 핀은 그 후 어떻게 되었을까? 또다시 뗏목을 타고 어디론가 떠났을 것 같다. 그래서 이러한 독백을 남겼을 것이다.

"다른 곳은 사람을 구속하고 질식시킨다. 그러나 뗏목만큼은 그렇지가 않다. 우리들은 뗏목 위에서만은 자유롭고 평안하며 안락감에 젖을 수가 있다."

진 웹스터
『키다리 아저씨』

☑ 모든 아이들에게는 키다리 아저씨가 필요하다

사회참여적 성격의 『키다리 아저씨』

진 웹스터Jean Webster, 1876~1916는 뉴욕주 프레도니아에서 태어났다. 본명은 앨리스 제인 챈들러 웹스터이다. 그의 어머니는 많은 수작을 남긴 마크 트웨인의 조카이며, 아버지는 출판사 사장으로 마크 트웨인의 작품들을 출판하기도 했다.

진 웹스터는 당시로서는 진보적인 교육을 다양하게 받고 자랐으며, 사회 활동에도 적극적이었다. 복지와 청소년 문제에 대한 그녀의 관심이 불우한 어린 시절을 딛고 당당하게 삶을 개척해가는 '주디'라는 캐릭터를 탄생시킨 것이다. 또한 웹스터는 『키다리 아저씨』를 통해 여성의 교육권과 참정권에 대해서도 논했다. 이것이 이 소설을 사회참여적 성격이 강한 사실주의 문학이라고 말하는 이유다.

키다리 아저씨, 그 뒷이야기는?

『키다리 아저씨』는 주인공 주디가 자신의 대학 생활을 적어서 후원자에게 보내는 편지 형식의 소설이다. 여성 잡지 『레이디스 홈 저널』에 연재되던 이 작품은 1912년 단행본으로 출간되는데, 출간과 동시에 베스트셀러에 올랐다.

진 웹스터는 인기에 힘입어 속편 『키다리 아저씨 그 후 이야기』를 발표하게 된다. 역시 편지 형식으로 되어 있으며, 주디가 저비스와 결혼한 뒤 대학 동창 샐리가 주디가 자랐던 고아원의 새로운 원장으로 부임하면서 이야기는 시작된다. 『키다리 아저씨』는 오로지 주디가 키다리 아저씨에게 보낸 편지들로만 이루어졌지만, 샐리는 주디 부부뿐 아니라 약혼자 고든과 고아원 의사 맥클레이에게도 편지를 쓴다.

고아원에서 가장 나이 많은 소녀 제루샤 애벗(주디)에게는 매월 첫째 수요일이 아주아주 우울한 날이다. 방과 마루를 구석구석 닦고, 97명이나 되는 어린 고아들을 깨끗이 씻겨 머리를 빗기고 옷을 갈아입혀야 하기 때문이다. 그런데 그날은 손님들이 돌아가시고 난 후 원장이 제루샤를 부른다. 그녀는 원장실로 내려가는 길에 주차장으로 통하는 문을 나가는 어떤 사람의 뒷모습을 보게 되는데, 키가 커서 휘청휘청 걸어가는 '장님거미' 같다고 생각한다.

원장은 방금 나간 고아원의 이사가 제루샤가 작가가 될 수 있도록 돕기 위해 4년간의 학비 전액과 매달 용돈을 대주기로 했다고 말한다. 그녀가 쓴 「우울한 수요일」이라는 글이 그의 마음에 들었던 것. 후원의 조건은 한 달에 한 번 '존 스미스 씨' 앞으로 편지를 보내는 것이었다.

대학에 입학한 제루샤는 이름을 '주디'로 바꾸고, 행복하게 자란 부유한 가정의 친구들과 함께 대학 생활을 한다. 그리고 키다리 아저씨에게 첫 편지를 보낸다. 그 첫 편지는 이렇게 시작된다. 자신은 아저씨에 대해서는 알고 있는 것이 단 세 가지뿐이라고. 키가 크다는 것. 돈이 많다는 것. 그리고 여자아이를 싫어한다는 것.

여자아이를 싫어한다는 것은 그동안 고아원의 남자아이들만 후원해왔다는 원장님의 설명을 들었기 때문이다. 그러면서 주디는 아저씨를 뭐라고 부를지 모르겠다며 '친애하는 소녀 혐오가 씨'라고 해도 그렇고, '부자 씨'라고 해도 그러니 앞으로 키다리 아저씨라고 부르기로 했다고 쓴다.

추신과 재밌는 그림이 담겨 있는 주디의 편지는 발랄하면서도 따뜻하고 로맨틱하면서도 바른 정신이 느껴진다.

아저씨가 계신 곳에도 눈이 내리고 있나요? 제 방 창밖으로 보이는 세상은 온통 부드럽게 주름진 하얀 천으로 덮였고 팝콘만큼 커다란 눈송이들이 하늘에서 내려오고 있습니다.

이렇게 날씨에 대한 느낌도 쓰고 귀여운 실수담도 쓴다.

첫날 실수는 정말 끔찍했죠. 누군가 모리스 마테를링크(『파랑새』의 작가)에 대해 언급했는데, 제가 그만 그 사람이 신입생이냐고 물었어요. 그 소문이 온 대학에 퍼졌지 뭐예요.

그런가 하면, "오늘 들은 설교는 '비판을 받지 아니하려거든, 비판하지 말라'는 마태복음 7장 1절이었어요"라고 그날 배운 것도 쓴다.

저는 아무래도 천국에 못 갈 것 같아요. 이 세상에서 이렇게 좋은 일들을 많이 누렸는데 죽어서까지 천국에 간다면, 그건 공평하지 못하잖아요.

행복감과 더불어 이런 각오도 담는다.

예전에 잘못했던 모든 일을 후회합니다. 리펫 원장님께 버릇없이 군 것을 후회합니다. 프레디 퍼킨스를 때렸던 것을 후회합니다. 설탕 통에 소금을 채웠던 것을 후회합니다. 후원자님들 등 뒤에서 얼굴을 찌푸렸던 걸 후회합니다. 앞으로는 모두에게 착하고 상냥하고 친절하겠습니다. 왜냐하면 저도 이제 행복하니까요.

상급생이 된 주디는 열심히 노력해서 장학금을 받게 되고 과외 교사로 일하게 되자 키다리 아저씨에게 더 이상 용돈을 보내지 말라고 편지한다. 다양한 글을 써서 잡지에 응모하여 상금까지 받은 주디는 돈을 모아 그의 비서에게 보낸다. 키다리 아저씨가 모자를 사라며 보내온 50달러를 다시 돌려보내기도 한다. "저는 구걸하지 않아요. 저는 제가 필요로 하는 것 외에는 더 이상 자선을 받고 싶지는 않아요"라는 편지와 함께.

주디는 자신의 뚜렷한 가치관을 밝히기도 한다.

아저씨. 저는 사람에게 꼭 필요한 능력이 상상력이라고 생각해요. 상상력이 있어야 나 아닌 다른 사람의 입장에서 생각할 수 있어요. 친절과 공감과 이해심도 생겨요. 그래서 어릴 때부터 상상력을 키워야 해요. 하지만 존 그리어 고아원은 상상력의 싹만 보여도 잘라버려요. 그곳에서 장려하는 자질이라곤 오직 의무감뿐이지요. 저는 아이들에게 '의무'라는 단어도 알려주면 안 된다고 생각해요. 끔찍하고 혐오스러운 단어예요. 아이들은 뭐든지 의무감에서 하면 안 돼요. 사랑에서 우러나와서 해야 해요.

그러면서 주디는 이렇게 덧붙인다.

제가 원장이 되어 이끌어 나갈 고아원을 기대해주세요! 밤에 잠들기 전에 하는 상상 중에 제일 재미있어요.

주디는 한 번도 본 적 없고 답장을 받아본 적도 없는, 얼굴도 모르고 누군지도 알지 못하는 고마운 키다리 아저씨를 결국 딱 30분, 그가 병중에 있을 때 만난다. 그리고 마지막 편지를 이렇게 쓴다.

그동안 저는 잃으면 아쉬울 만큼 소중한 것이 아무것도 없었기에, 근심걱정 없이 태평할 수 있었어요. 하지만 이제 남은 인생 동안 크나큰 걱정을 안고 살게 되었어요. 당신이 곁에 없을 때마다 자동차가 당신을 덮치지는 않을까, 간판이 당신의 머리 위로 떨어지진 않을까, 나쁜 벌레가 꿈틀대다 당신 입속으로 들어가면 어쩌나 하고 걱정하겠죠. 제 마음의 평화는 영영 사라졌어요. 하지만 어차피 지루한 평온함 따위는 바라지 않아요.

룸메이트 줄리아의 삼촌인 저비스가, 그동안 잠깐씩 만나면서 좋은 감정을 키워온 그가, 그래서 키다리 아저씨에게 편지로 그를 사랑하는 마음에 대해 의논하기도 했던 그 남자가 바로 키다리 아저씨였던 것이다. 주디는 이렇게 마지막 추신을 단다.

이것은 제가 난생 처음으로 쓴 연애편지예요. 제가 연애편지를 쓸 줄 안다니 우습지 않나요?

한 소녀가 성장하기까지 뒤에서 지켜보며 후원해준 키다리 아저씨. 그의 순수한 도움이 없었다면 주디는 어떻게 되었을까? 작가가 되겠다는 꿈을 꾸지 못했을 것이고, 착한 사람이 많다는 사실도, 세상이 아름답다는 사실도 몰랐을 것이다. 그리고 그 많은 책들과의 만남도 없었을 것이다.

결말은 신데렐라 스토리가 되어버렸지만 결코 신데렐라로 만족하지 않고 그의 도움을 바탕으로 자신의 꿈을 이룰 것만 같은, 꼭 대작가가 되어줄 것만 같은 소녀, 아름다운 주디. 그녀가 만약 우리에게 편지를 보낸다면 아마도 이런 추신이 달려 있지 않을까 한다.

"P. S : 당신도 누군가에게 키다리 아저씨가 되어 제2, 제3의
주디를 도와주지 않으실래요?"

『키다리 아저씨』
진 웹스터 지음, 허윤정 옮김, 더모던, 2019.

안네 프랑크
『안네의 일기』

✔ 전쟁의 참상 속에서 반짝인 희망의 빛

세계기록유산으로 등재된 『안네의 일기』

『안네의 일기』는 홀로코스트 문학의 대표 작품이다. "전쟁이 끝나면 가장 먼저 '은신처'라는 제목으로 한 권의 책을 쓰고 싶다"고 했던 안네 프랑크Annelies Marie Frank, 1929~1945의 일기는 1947년 처음 출간되었다. 전 세계 70여 개 국으로 번역되었으며 성경 다음으로 가장 많이 읽힌 책으로 알려져 있다.

안네의 일기장은 그녀가 세상을 떠난 후 그들 가족을 도와주었던 네덜란드인에게 발견되었고, 가족 중 유일한 생존자인 아버지에게 전해져 책으로 출간되었다. 안네의 일기는 2009년 역사적 기록으로서의 중요성을 인정받아 유네스코 세계기록유산으로 등재된 바 있다.

한편 2018년에는 다른 사람이 보기를 원치 않아 안네가 가려두었던 내용이 공개되었는데, '야한 농담'이라고 표현한 네 편의 글과 함께 결혼, 피임 등 성에 관한 단상이 기재되어 있었다. 사춘기 소녀의 성에 대한 호기심을 느낄 수 있다.

은신처에서 피어난 한 소녀의 꿈과 희망

안네 프랑크는 1929년 프랑크푸르트에서 독일계 유태인 집안의 둘째 딸로 출생했다. 나치가 유태인을 박해하기 시작하자 그녀의 가족은 1933년 안네가 네 살 때 네덜란드 암스테르담으로 이주하였다.

그런데 독일은 1939년 네덜란드를 침공한 데 이어 1940년 네덜란드를 점령하게 된다. 유태인에 대한 탄압이 본격화하자, 1942년 안네가 열세 살 때 그녀의 가족은 아버지의 식료품 공장 창고와 뒷방 사무실에서 숨어 지내게 된다. 가족과 이웃 등 여덟 명과 함께 숨은 은신처에서는 입구를 가리고 있던 회전식 책장만이 유일한 세상과의 통로였다. 그곳에서 안네는 작가의 꿈을 키우며 일기를 써나갔다.

1942년 6월 12일, 안네는 열세 번째 생일 선물로 붉은 체크무 늬 일기장을 받게 된다.

"당신에게라면 내 마음속의 비밀들을 모두 다 털어놓을 수 있 을 것 같아요. 제발 내 마음의 지주가 되어 나를 격려해주세요."

안네는 일기장에 '키티'라는 이름을 지어주었다. 그녀의 일기 는 늘 "사랑하는 키티에게"로 시작한다. 그리고 일기를 끝낼 때 면 항상 인사를 한다. "그럼 안녕, 안네로부터." "다음에 또……안네로부터."

일기를 쓰기 시작한 지 한 달이 되지 않아 안네의 가족은 아 빠의 사무실이 있던 건물 4층 은신처에 숨어 살기 시작한다. 좁 은 공간에서 24시간 갇혀 지내야 하고 소리를 낼 수도, 밤에 불 을 켤 수도 없다.

안네의 일기장에는 은신처 생활의 괴로움과 전쟁의 참상, 사 춘기 소녀로서의 꿈과 고민 등 다양한 내용이 담겨 있다. "왜 사 랑하는 사람끼리 서로 키스를 하면 안 되는 걸까요?" 하는 사랑 에 대한 고민부터 "난 엄마처럼은 안 살 거예요" 하는 가족과의 갈등까지 일기장에 써 내려간다.

은신처가 들킬 뻔한 위기를 넘기고 나서 안네는 마음을 더욱 강하게 먹는다.

"나의 일, 나의 사랑, 나의 용기 그리고 희망. 곤란한 일을 당했을 때 나를 도와주고 언제나 나에게 힘을 북돋아주는 것!"

일기장에는 날이 갈수록 성숙해져 가는 안네의 모습이 고스란히 담겨 있다. 숨어 산 지 1년 반이 지났을 때 그녀는 "아마 당신도 1년 반이나 갇혀서 지낸다면 종종 견딜 수 없게 될 때가 있을 거"라며 자전거를 타고 춤을 추고, 휘파람을 불고 싶다고 말한다. 하지만 그런 마음을 드러내서는 안 된다는 것도 안네는 알고 있다.

"우리 여덟 사람 모두가 자신을 불쌍하게 여기거나 불만스러운 표정을 지으며 지낸다면, 도대체 어떻게 될까요?"

안네는 고통스러운 상황에서도 희망을 잃지 않으려 노력한다.

"고독할 때, 불행할 때, 슬플 때, 그럴 때는 부디 날씨 좋은 날을 골라서 다락방에서 밖을 바라보도록 해봐. 늘어선 상점, 집들의 지붕이 아니라 하늘을 바라보는 거야. 두려움 없이 하늘을 우러러볼 수 있는 한은, 자신의 마음이 맑아지는 것을 느끼고 이제부터라도 꼭 행복을 발견할 수 있다고 믿는 한은, 언제든지."

이렇게 스스로를 응원하면서 하루하루를 버텼지만, 누군가 밀고해버리면서 그들의 은신처는 발각된다. 그리고 안네의 가족은 체포되어 독일의 아우슈비츠로 보내진다. 소녀의 일기는 1944년 8월 1일자로 끝이 난다.

　이후 하노버 근처에 있는 베르겐벨젠 강제수용소에 옮겨진 안네는 언니 마르고트와 함께 장티푸스에 걸려 사망하였다.

　"내가 결국에는 이 일기장으로 돌아오게 되는 것은 키티는 언제나 참아주고 나의 주장을 끝까지 들어주기 때문입니다. 어떤 일이 있어도 꾹 참고 견뎌보겠다고 말이에요. 눈물을 삼키며 어떤 어려움 속에서도 나의 길을 발견해내고야 말겠어요."

　작가를 꿈꾸었던 한 소녀는, 불행한 시대가 가둔 감옥에 갇힌 채 희망을 잃어간다. 불행한 과거의 역사는 지나갔지만, 지금도 여전히 이 시대의 수많은 안네들이 무엇인가의 다락방에 갇혀 자신만의 키티에게 저마다의 아픔을 하소연하고 있는 것은 아닐까? 마음의 감옥에 갇힌 그들에게 가장 필요한 것은 신뢰의 눈으로 지켜봐 주는 그림자 같은 사랑이다.

3장

운명의
소용돌이에 휘말린
인간의 이야기

허먼 멜빌
『모비 딕』

☑ 흰 고래와 인간의 숙명적인 투쟁

"포경선은 나의 예일, 나의 하버드"

허먼 멜빌Herman Melville, 1819~1891이 1851년 발표한 『모비 딕』은 드넓은 바다에서 펼쳐지는 고래와 인간의 숨 막히는 싸움을 생생하게 그려낸 작품이다. 이 소설은 작가가 실제로 고래잡이배를 탔던 경험을 바탕으로 하고 있다.

허먼 멜빌은 뉴욕의 명문가에서 태어났으나 아버지의 파산과 사망으로 가세가 기울면서 학교를 중퇴한다. 농장 일꾼, 은행원 등 여러 직업을 전전하던 그는 영국 리버풀로 가는 화물선에 취직하게 되는데, 이때의 해상 체험이 훗날 소설의 주요 소재가 된다.

고래잡이배 선원으로서의 경험은 그에게 "예일대학이요, 하버드대학"이었다고 허먼 멜빌은 소설 속 분신인 이슈메일의 대사를 통해 표현하고 있다.

절판되었던 소설이 세계의 고전으로

지금은 너새니얼 호손과 함께 19세기 미국 문학을 대표하는 작가로 평가받지만, 『모비 딕』을 발표하던 당시에는 반응이 거의 없었다. 한 영국 평론지는 '광인 문학'이라고 폄하하기까지 했으며, 그가 죽기 4년 전부터는 아예 책이 절판되었을 정도다. 허먼 멜빌은 20년간 그저 해양 모험담을 썼던 작가 중 한 명일 뿐이었다. 그러나 그의 작품은 20세기 초반에 빛을 보게 되고 그는 미국 문단의 단테, 셰익스피어, 밀턴이라고 추앙받게 된다.

한편 멜빌은 1850년에 너새니얼 호손과 처음 만나는데, 당시 그는 매사추세츠주에 있는 피츠필드의 농장에서 일하고 있었다. 이웃에 살고 있던 당대의 유명 작가 너새니얼 호손과의 만남은 그의 인생을 바꿔 놓은 행복한 사건이었다.

소설 『모비 딕』은 이렇게 시작된다.

내 이름은 이슈메일이다. 내 입가에 우울한 빛이 떠돌 때, 관을 쌓아두는 창고 앞에서 저절로 발길이 멈춰질 때, 즉 내 영혼에 축축하게 가랑비 오는 11월이 오면 나는 빨리 바다로 가야 한다는 것을 안다.

세상에 회의를 느낀 이슈메일은 고래잡이배를 타기로 결심한다. 그는 피쿼드호의 선장 에이허브에 대한 경고를 무시하고 포경선 피쿼드호의 선원이 된다.

이 배의 선장 에이허브는 배가 열대 지방 가까이 이른 뒤에야 갑판에 모습을 드러낸다. 한쪽 다리에 고래 뼈로 만든 의족을 한 그의 얼굴은 반 이상을 긴 흉터가 지나간다. 사람들은 그 흉터가 셔츠 속으로 사라지므로 몸 전체를 지날 거라 생각한다. 그는 자신의 한쪽 다리를 앗아간 흰 고래 모비 딕에 대한 복수심에 불타 광인처럼 그 고래를 쫓아다닌다. 희망봉으로, 인도양으로, 태평양으로.

모비 딕은 지금까지 무수히 보트를 뒤집고 많은 사람을 죽게 했다는 전설의 고래다. 그는 최초로 모비 딕을 발견한 자의 상금으로 배의 돛대에 스페인 금화를 박아놓는다.

일등항해사 스타벅은 선장에게 모비 딕을 쫓는 일이 얼마나 무모하고 끔찍한 광기인지 말한다. 저주받은 고기 따위를 쫓지 말고 돌아가자는 그의 제안에 에이허브는 비장하게 말한다.

"무엇 때문에 흰 고래를 쫓아야만 하는지는 나도 모른다. 다만 어떤 것이 나로 하여금 흰 고래를 쫓게 한다!"

그에게 모비 딕을 쫓는 것은 운명이다. 에이허브는 말로 표현하기 어렵고 측량할 수 없는, 이 세상 것이 아닌 어떤 기만의 보이지 않는 주인이, 잔인무도한 황제가 명령해서 자신을 움직이게 한다고 말한다.

드넓은 망망대해를 오랫동안 방황한 끝에 에이허브 선장은 드디어 모비 딕을 만난다. 뚜렷이 몇 마일 앞에서, 큰 파도가 물결칠 때마다 높고 빛나는 몸을 드러내면서 묵묵히 규칙적으로 물을 하늘 높이 뿜어 올리는 모비 딕이 나타난 것이다. 그는 "준비, 준비! 집합, 집합하라!"고 외친다.

모비 딕은 장방형의 허연 머리를 큰 파도 속에서 똑바로 내밀기도 하고 감추기도 하면서 방추형의 온몸을 빙글빙글 회전시킨다. 거대한 주름살투성이 이마를 20피트 이상이나 물에서 쳐들고 올라올 때, 높아진 물결은 고래의 몸에 부딪쳐 부서지고 마치 태풍이 몰아치는 것처럼 하늘 꼭대기로 치솟아 오른다. 모비 딕과 인간의 숙명적인 투쟁이 벌어진다.

모비 딕은 무수한 작살을 등에 꽂고도 하얀 신처럼 유유히, 푸른 바다를 향기롭게 달린다. 인간들의 광기 어린 복수심을 비웃듯이 물줄기를 뿜으며 달리는 아름다운 흰 고래. 일등항해사 스타벅은 선장에게 말한다.

"신의 이름으로 이 일을 그만둡시다! 이건 악마의 광란보다 더 나쁩니다. 천사들이 경고하고 있습니다. 더 이상 그놈을 쫓는 것은 신을 두려워하지 않는 불경이며 신을 모독하는 것입니다."

스타벅의 만류에도 불구하고 에이허브와 모비 딕의 대결은 사흘 낮밤 동안 처절하게 지속된다. 첫째 날과 둘째 날 보트 여러 대가 파괴되고 선원들이 죽어갔지만 에이허브의 분노와 집착은 사그러들지 않는다.

"모든 것을 파괴하지만 정복되지 않는 흰 고래여. 나는 너에게 달려간다. 나는 끝까지 너와 맞붙어 싸우겠다. 지옥 한복판에서 너를 찔러 죽이고, 증오를 위해 내 마지막 입김을 너에게 뱉어주마."

결국 사흘째 되던 날 에이허브는 마지막 남은 보트를 타고 나가 모비 딕에게 작살을 명중시키지만 작살 줄이 목에 감겨 고래와 함께 바닷속으로 사라진다. 피쿼드호는 침몰하고 소설의 화자인 이슈메일 혼자 바다를 표류하다 살아남는다. 유일한 생존자인 그는 이렇게 독백한다.

모든 것은 무너졌다. 그러나 바다의 커다란 수의는 오천 년 전에 굽이치던 그대로 굽이치고 있었다.

우리는 지금 어떤 모비 딕을 쫓고 있을까. 자신의 적수가 누구인지도 모르는 채, 무엇을 정복해야 하는지도 모르는 채 미친 듯이 달려가는 우리들. 어쩌면 에이허브 선장보다 더 위험한 사람은 알 수 없는 대상을 향해 으르렁거리고 있는 우리가 아닐까.

무언가를 향해 빠르게 질주하고 옆도 뒤도 돌아볼 틈 없이 쫓고 있는 그 대상, 어쩌면 그것이 모비 딕인지도 모른다. 그러니 인생 항해에서도 내 옆에 두는 일등항해사가 필요하다.

"에이허브는 에이허브를 조심해야 합니다. 당신 스스로를 조심하세요."

선장이 스타벅에게 들었던 이 말처럼, 마음의 키를 돌릴 만한 그의 조언을 귀담아들으며 우리는 지금 자신이 쫓고 있는 모비 딕을 정확히 파악해야 한다.

표도르 도스토옙스키
『카라마조프가의 형제들』

☑ 마음의 증오가 범인이다

누구보다 극적인 삶을 살았던 작가

표도르 도스토옙스키Fyodor Mikhailovich Dostoevskii, 1821~1881는 모스크바 자선병원 의사의 둘째 아들로 태어났다. 어려서 어머니를 잃었고, 18세 때 아버지가 영지의 농노에게 살해당했다. 25세에 발병한 뇌전증간질으로 인해 평생을 불안 속에 살았으며, 우울증과 도박 중독에도 시달렸다. 28세 때는 반체제 혐의로 사형선고를 받고 형장에 섰으나 형 집행 5분 전에 사면을 받는다. 그 후 그는 8년간 시베리아에서 유형 생활을 한다.

그런 그의 삶에 빛처럼 찾아온 한 사람이 있었다. 25세 연하의 속기사 안나였다. 1867년 도스토옙스키는 그녀와 재혼하는데, 두 사람의 사랑에 대해 문학사가 시몬스는 이렇게 썼다.

"두 사람은 이 나라 저 나라 떠돌아다니며 살았고, 극심한 빈곤에 허덕이는 경우도 많았다. 젊은 아내는 이 모든 고난과 남편의 간질 발작, 끊임없는 노름, 첫아이의 죽음까지도 꿋꿋이 견뎌냈다. 그런 삶 속에서도 안나의 남편에 대한 사랑과 남편의 천재성에 대한 헌신은 끝까지 흔들리지 않고 변함이 없었다."

미완의 걸작 『카라마조프가의 형제들』

도스토옙스키의 문학과 사상을 집약하고 결산하는 걸작 『카라마조프가의 형제들』은 1860년대 러시아의 지방 도시에 사는 벼락부자 카라마조프가의 사람들을 둘러싸고 전개되는 이야기를 담고 있다. 이 작품은 그가 남긴 최후의 작품이자 미완성작이다.

원래는 2부작으로 구성되어 있었으며, 작가가 중점을 두었던 것은 오늘날 우리가 읽고 있는 1부가 아닌 13년 뒤 셋째 아들 알료샤의 이야기를 다룬 2부라고 한다. 도스토옙스키의 지인들의 증언에 따르면 그가 2부에서 그리고자 했던 이야기는 알료샤가 미래에 수도원을 떠나 사회주의 혁명가로 살아가는 내용이라고 한다.

19세기 러시아의 소지주로서 전형적인 벼락부자인 표도르 카라마조프는 음탕하고 교활하며 욕정의 화신이다. 성욕과 식욕을 위해서라면 그토록 아끼는 돈도 기꺼이 쓴다. 그에게는 네 명의 아들이 있는데, 장남 드미트리와 차남 이반, 삼남 알료샤, 백치 여인과의 사이에서 낳은 서자 스메르쟈코프가 있다.

첫째 부인이 낳은 장남 드미트리는 아버지의 피를 이어받았지만 순수성을 지닌 청년이다. 둘째 이반과 셋째 알료샤는 둘째 부인이 낳은 자식인데, 이반은 무신론자이자 허무주의자이고, 알료샤는 수도원에서 사랑을 전하는 순진무구한 청년이다. 서자인 스메르쟈코프는 우직하게 하인으로 일하고 있지만 아버지 표도르를 증오하고 있다.

아버지 표도르와 카라마조프가의 형제들 외에 카테리나와 그루센카, 두 여성이 등장한다. 두 여성을 둘러싸고 가족 내에서 애욕의 싸움이 벌어지는 가운데 아버지 표도르가 살해되고, 소설은 범죄 추리물의 구성을 띠며 숨 가쁘게 전개된다.

맏아들 드미트리는 세 살 때 어머니가 집을 나가 이 사람 저 사람 손을 거쳐 떠돌면서 성장한다. 그런 성장 과정 속에서 '그 아버지에 그 아들'이라는 말을 증명이라도 하듯 방탕한 생활에 빠져든다. 그는 귀부인의 품성을 갖춘 약혼녀를 버리고 아버지의 연인인 그루센카에게 빠져 지낸다.

드미트리는 아버지를 '돼지'라 부르며 살해하고 싶은 욕망을 느낀다. 그러나 그의 마음속 깊은 곳에는 고결한 것에 대한 동경이 있다. 다만 아버지가 죽이고 싶도록 미울 뿐이다. 드미트리는 애인이었던 카테리나에게 "부친을 살해하고 나도 멸망시킬 작정"이라고 편지를 쓴다.

둘째 아들 이반은 총명한 인물로 대학에서 자연과학을 전공했다. 신문에 글을 쓰는 지식인으로 신을 부정하는 무신론자이자 허무주의자이다. 카라마조프가의 피를 이어받아서일까. 형의 약혼녀였던 카테리나를 사랑한다. 이반 역시 아버지를 증오한다. 드미트리가 감정적으로 미워하는 것이라면 이반은 논리적으로 아버지를 증오한다.

셋째 아들 알료샤는 순진무구한 청년이다. 그는 카라마조프가의 추악한 운명이 구원받기를 꿈꾼다. 성자인 조시마 장로에게 가르침을 받는 수사인 알료샤는 누구에게나 사랑을 받는다. 심지어 비정한 아버지한테도 사랑을 받으며 천사라고 불린다.

그러나 알료샤는 자신의 내부에도 카라마조프가의 피가 흐르고 있음을 깨닫는다.

드미트리는 알료샤에게 말한다.

"두려운 것은 아름답고 신비롭지. 거기서는 신과 악마가 투쟁을 하고 있어. 그 전쟁터가 바로 사람의 마음이야."

그리고 서자 스메르자코프는, 백치 여인에게서 난 아들로 간질을 앓는다. 하인처럼 일하며 겉으로는 정직한 체하지만 천박하고 비열하다.

이렇게 네 명이 카라마조프가의 형제들이다. 이 형제들 사이에서 애증의 관계를 유발하며 살인 사건의 중심에 서 있는 인물이 그루센카이다. 그녀는 17세 때 폴란드 장교에게 농락당한 후 부잣집 첩이 되었다. 아버지 표도르와 아들 드미트리를 적당히 가지고 놀면서 드미트리의 약혼녀인 카테리나를 조롱하는 악녀로 그려진다. 그런가 하면 카테리나는 자존심 강하고 귀족 취향인 거만한 여성이다.

이 두 여성이 네 형제와 아버지를 사이에 두고 복잡하게 얽혀 있는 중에 표도르가 누군가에게 비참하게 살해당한다. 네 형제 모두에게 살해 동기가 있지만 드미트리가 체포된다. 하지만 진범은 간질 발작을 일으켜 용의선상에서 제외된 스메르자코프였다.

스메르자코프는 판결 전 이반을 찾아가 살해 사실을 털어놓고, '신만 없다면 모든 것은 허용된다'는 당신의 말에 따른 것이니 결국 아버지를 죽인 사람은 당신이었다고 말한다. 그리고 스스로 목을 매 죽는다. 충격을 받은 이반은 증인으로 참석한 드미트리의 결심 공판에서 격렬한 광기의 발작을 일으킨다.

"내가 그 자식을 부추겨 죽이게 한 것입니다!"

이반의 증언에 충격을 받은 카테리나. 이제 그녀는 드미트리보다 이반을 더 사랑하고 있었다.

그녀는 사랑하는 이반을 구해내기 위해 드미트리를 제물로 삼는다. 아버지를 죽일 것이라고 쓴 드미트리의 편지를 증거로 내보인 것이다. 드미트리는 마음속으로 늘 죽여야겠다고 생각했으니 내가 죽인 것이라며 유죄를 인정한다.

소설의 마지막은 자신에게 돌을 던졌던 소년의 장례식에 참석한 알료샤가 그의 주변을 둘러싼 소년들에게 말하는 것으로 장식된다.

"인생을 두려워해서는 안 됩니다. 정직하고 좋은 일을 하면 인생이 얼마나 아름다운지 몰라요. 선량하고 정직하고 순수한 마음…… 결코 그것을 잊어서는 안 되겠지요."

"두려운 것은 아름답고 신비롭지. 거기서는 신과 악마가 투쟁을 하고 있어. 그 전쟁터가 바로 사람의 마음이야."

드미트리가 했던 말처럼 우리 마음은 선과 악이 싸운다. 사랑과 증오, 선과 악, 고결함과 욕망 사이. 그 사이에서 갈등하는 모순과 혼돈……. 과연 이것이 19세기 러시아의 한 가정만의 이야기일까? 우리 마음속에서는 사랑과 증오가 싸운다. 고결과 욕망이 다투고, 인내와 포기가 다투고, 낙관과 비관이 싸우는 전쟁터가 우리 마음이다.

마음이 행하는 것은 곧 몸이 행하는 것이다. 그러니 마음으로 짓는 죄도 죄이다. 드미트리가 마음으로 살인했으니 나는 살인자라고 말한 것처럼 누군가를 증오하는 것도 죄이고, 누군가를 멸시하는 것도 죄이고, 누군가를 용서하지 못하는 것도 죄이다.

우리의 생을 속이는 것이 있다. 힘을 가진 자의 말, 달콤한 욕망, 타인에 대한 시기심, 거짓 사랑……. 그러다가 마음이 하루아침에 복잡하게 얽히고설켜 도무지 풀 수 없는 단계에 다다른다. 그런데 그 해답은 그 어디도 아닌 우리 마음에 있는 게 아닐까. 그러니 수시로 내 마음에게 물어봐야 한다. 나 지금 잘 가고 있는 것이냐고, 나 지금 잘 사랑하고 있는 것이냐고.

토머스 하디
『테스』

☑ 한 순결한 여인에 대한 진실된 묘사

운명의 장난이 낳은 비극적 결말

"인간은 환경의 압력과 우연의 장난에 의해 멸망당할 수도 있다"고 주장한 작가 토머스 하디Thomas Hardy, 1840~1928는 석공의 아들로 태어났다. 하디가 태어났을 때 의사는 사산아인 줄 알고 바구니 속에 넣은 채 방구석에 처박아두었는데, 때마침 일을 거들어주러 왔던 이웃집 사람이 갓난아기의 숨소리를 듣고 기겁하여 소리쳤다. "아이가 살아 있어요!" 그는 덕분에 간신히 목숨을 건졌지만, 허약한 체질과 비관적인 사상을 갖고 자랐다.

『귀향』, 『미천한 사람 주드』 등 그의 작품은 주어진 환경이나 운명에 의해 희생당하는 인물들을 다루고 있는데, 그러한 운명의 핵심에는 부조리한 인습이 있었다. 하디는 당대의 그릇된 인습을 비판하는 작품을 꾸준히 발표했는데, 인간의 의지와는 상관없이 비극적인 결말로 치닫는 스토리가 셰익스피어 비극과도 견줄 만하다는 평가를 받고 있다.

한 순결한 여인에 대한 진실된 묘사

토머스 하디의 숙명적 인생관은 『테스』에서도 잘 나타난다. 『테스』는 한 여자의 비극적인 운명을, 신의 희롱 같은 슬픈 삶과 사랑을 다룬 작품이다. 그는 발표 당시 이 작품에 '한 순결한 여인에 대한 진실된 묘사'라는 부제를 달았는데, 그 부제가 적절치 않다는 이유로 발매 금지 처분을 받았다.

소설 속 테스는 미혼모였던 과거를 숨기고 결혼해 남편에게 버림받았고, 남편이 있는 몸으로 다른 남자와 동거를 했으며, 남편이 돌아오자 동거남을 살해한 여인이다. 그런 여인에게 왜 작가는 '순결한 여인'이라는 별칭을 선물한 것일까?

테스는 모란꽃 같은 입과 커다랗고 순진한 두 눈을 가진 아름다운 처녀다. 술주정뱅이 잭 더버필드의 맏딸로 여섯 명의 동생을 돌보고 집안 살림에 보탬이 되고자 농사일을 한다. 그녀의 아버지는 옛날에 대단한 집안이었다는 사실 하나만 믿고 가문 자랑을 할 뿐 술에 취해 집안을 돌보지 않는다.

남동생이 아버지 대신 꿀벌 통을 채집하러 가며 이런 집에서 태어나지 않았다면 어떻게 됐을지 묻자 테스는 대답한다.

"아버지는 저렇게 기침을 하지도 않으실 테고, 이번 장에 못 갈 만큼 취하지도 않으셨겠지. 어머니도 늘 빨래만 하시면서 삐걱거리는 요람을 흔드시지 않았을 테고."

그녀의 운명은 가난한 집안에 태어난 것으로 결정지어진다. 집안의 유일한 재산인 말이 우편 마차에 치여 죽자 테스는 돈 많은 친척 집에 도움을 청하러 가게 되고, 그곳에서 더버빌 가문의 후계자라고 하는 알렉 더버빌을 만난다. 그리고 그에게 겁탈당해 임신한 몸으로 집으로 돌아오게 된다. 주위의 비난과 비웃음에도 불구하고 그녀는 아이를 키우겠다고 결심하지만, 태어난

지 얼마 안 돼 아이는 세상을 떠나고 만다. 테스는 그 아이에게 '소로(슬픔)'라는 이름을 지어주고 자기 손으로 세례를 베푼 후 땅에 묻어준다.

그 후 테스는 집을 나와 목장에서 젖소 짜는 일을 한다. 그곳에는 목장 주인도 나리라고 부르는 젊은이가 있었는데, 그는 목사의 아들 에인절 클레어였다. 목장에서 일하는 여자들은 모두 에인절을 좋아해 그에 대해 입방아를 찧어댄다.

어느 일요일 아침, 테스를 포함한 네 명의 아가씨가 교회에 가려고 목장을 나선다. 간밤에 내린 비로 50미터 정도의 길이 물에 잠겨 있었는데, 그가 다가와 이들을 차례로 건네준다. 마지막에 남아 있던 테스가 그의 부축을 거절하자 에인절은 말한다.

"한 사람의 라헬을 얻기 위해 세 사람의 레아를 건네줬소. 당신을 위해 세 번이나 같은 일을 한 심정을 이해하겠소?"

테스는 어쩔 수 없이 그의 품에 안기고 어깨와 팔에 몸을 맡긴다. 그녀의 뺨은 에인절의 숨결로 뜨거워진다. 그날 이후, 에인절은 젖을 짜는 테스 주변을 맴돌고 그들의 사랑은 그림처럼, 시처럼 목장 생활 속에 펼쳐진다. 테스는 에인절의 끈질긴 청혼을 더는 거절할 수 없어 그와의 결혼을 결심한다. 에인절에게 과거를 털어놓고 싶지만 차마 얘기를 꺼내지 못하는 테스는 그를 사랑할수록 괴로움도 깊어간다.

결혼식을 올린 날 밤, 에인절은 테스에게 서로의 죄를 고백하고 용서하자고 제안한다. 남편이 자신의 과오를 고백하자 이에 용기를 얻은 테스는 자신의 아픈 과거를 털어놓는다. 어떤 일이 있더라도 불행한 과거를 얘기하지 말라고 했던 어머니의 당부를 저버리고.

"내가 당신을 용서했듯이 당신도 나를 용서해주세요"라고 테스는 말한다. 그러나 에인절은 아내에 대한 배신감에 괴로워하고 그녀를 용서하지 못하는 자신을 자책하다가 브라질로 떠나버린다.

혼자 남은 테스는 다시 어려운 상황에 놓인다. 집안은 파산하고 아버지는 죽고 만다. 병든 어머니와 어린 동생을 어떻게 해야 하나 넋을 놓고 있을 때 알렉이 다시 나타난다. 그는 경제적 고통에서 구해주겠다고 테스를 유혹하고, 흔들릴 때마다 그녀는 에인절에게 편지를 보낸다. 제발 돌아와서 자신을 구해달라고.

오랜 세월이 흐르고 마침내 에인절이 돌아온다. 테스를 찾아온 에인절은 그렇게 떠나버린 것을 용서해달라며 이제 다시 시작하자고 한다. 그러나 이미 늦어버렸다. 테스는 이미 알렉의 정부로 살고 있었던 것이다.

에인절이 절망 속에서 걸어가고 있는데, 테스가 달려온다. 알렉을 찔러 죽이고 그의 뒤를 쫓아온 것이었다. 테스와 에인절의 도피가 시작되지만 그 행복은 오래가지 못한다. 이교도 사원의 유적지인 스톤헨지에 머물고 있는데, 16명의 경관들이 그녀가 잠들어 있는 곳을 에워싼다. 에인절은 잠이 깰 때까지만이라도 저 여자를 그대로 두어달라고 애원한다. 테스는 잠에서 깬 뒤 말한다.

"에인절. 저는 정말 기뻐요. 이런 행복이 오래갈 수는 없잖아요. 너무 과분했어요. 마음껏 누렸어요. 이제 더 살면서 당신에게 멸시당할 일도 없게 되었어요."

테스는 사형을 당하고, 감옥 지붕 위에는 그녀의 죽음을 알리는 검정 깃발이 펄럭펄럭 나부낀다. 소설의 마지막은 이렇게 장식된다.

그리스의 비극 작가 아이스킬로스의 말대로, 제신의 우두머리는 테스를 향한 희롱을 끝마쳤다.

이것이 테스의 삶이고 사랑이다. 남자에게 추행을 당해 원치 않는 아이를 낳았던 것도 그녀의 마음이 아닌 환경이 시킨 일이었다. 훗날 다시 그 남자의 유혹에 넘어간 것도 마음이 아닌 돈이 시킨 일이었다. 가난이라는 운명이 그녀를 거기까지 몰고 간 것이다.

운명은 당신 손금에 있는 것이 아니라 당신의 손안에 있다고, 운運은 신이 만들지만 행운幸運은 당신이 만드는 것이라고 누군가 말한다면 테스는 뭐라고 할까. 그 말이 맞다고 할까, 그냥 웃기만 할까.

귀스타브 플로베르
『보바리 부인』

☑ 욕망의 판타지, 그 대가는 쓰디쓴 비소의 맛

지금도 어디선가 울고 있을 그녀의 이야기

귀스타브 플로베르Gustave Flaubert, 1821~1880는 아버지가 병원장 겸 외과 과장으로 근무하고 있는 루앙 시립병원에서 태어나 그곳에서 유년시절을 보냈다. 열세 살 때부터 소설과 희곡을 쓰기 시작한 플로베르는, 내성적이지만 자존심 강하고 고독과 반항을 즐기던 소년이었다. 파리대학교 법학부에 들어갔지만 적응하지 못하고 1843년 『감정교육』을 집필하며 작가의 길로 들어섰다.

플로베르는 『보바리 부인』을 집필하고 나서 이렇게 말했다.

"나의 불쌍한 보바리는 지금 이 순간에도 프랑스의 20여 개 마을에서 괴로워하며 울고 있다."

플로베르가 남긴 보바리슴

평범한 생활에 환멸을 느끼고 허영과 불륜으로 자기 자신을 파멸로 몰아넣는 여인의 이야기 『보바리 부인』은 실제 있었던 얘기를 소설화한 것이다. 플로베르의 아버지는 의사였는데, 아버지의 제자인 개업의 들라마르의 아내 델핀이 사랑의 쾌락에 빠져 빚을 진 채 자살했던 것이다.

1857년 처음 발표되었을 때는 도덕을 타락시킨다는 이유로 법정 소송을 벌이며 수난을 겪었던 플로베르의 『보바리 부인』. 하지만 그 후, 보바리슴bovarysme이라는 신화를 심어놓기도 했다. 현실로부터 도피하고 싶은 심리, 초라한 자기 대신에 '그랬으면' 하는 환상적인 모습을 자아로 인식하는 심리를 프랑스의 철학자 고티에가 '보바리슴'이라고 명명한 것이다.

수도원에서 공부하다가 고향으로 돌아온 에마는 낭만적인 연애와 격정적인 사랑을 꿈꾸는 여인이다. 그녀는 왕진 온 의사 샤를 보바리를 만나 결혼한다. 하지만 화려한 꿈을 꾸어왔던 에마에게 시골의 평범한 의사와의 결혼은 실망과 낙담을 안겼다. 결혼 생활에 권태를 느낀 에마는 저녁 식탁에 놓인 접시 속에 '인생의 모든 쓴맛'이 들어 있다며 혐오한다. 그리고 양산 끝으로 잔디밭을 콕콕 찌르며 '나는 왜 결혼했을까' 한탄한다.

어느 날, 무도회에 갔다가 상류 사회에 매료된 에마는 귀족적이고 화려한 분위기를 잊지 못한다. 무도회의 추억은 그녀에게 집착이 되고 질병이 된다. 남편인 샤를은 그녀가 왜 우울해하는지 몰라 답답해하다가 아내에게 다른 생활을 주기 위해 큰 도시로 이사한다. 그러나 그곳에서 새로운 유행과 사치에 빠진 에마는 상류 사회의 패션과 장식품을 사들이며 시골 의사인 남편을 점점 더 냉대한다.

영혼 깊은 곳에서 하나의 사건이 발생하기를 기다리던 에마의 마음을 사로잡은 것은 공증인 사무소의 서기 레옹이었다. 그러나 미처 서로의 사랑을 고백하기도 전에 레옹이 파리로 공부하러 떠나버리고 에마는 더 심한 고독에 빠진다. 이때 세속적인 바람둥이 로돌프가 나타난다. 로돌프는 그녀에게서 몸과 마음을 빼앗은 뒤 몸을 사려 달아나버린다. 에마의 우울증과 신경과민 증상은 더욱 심해지고 만다.

남편은 아내의 기분 전환을 위해 에마를 데리고 오페라 구경을 간다. 그런데 에마는 그 극장에서 플라토닉한 감정인 채로 헤어졌던 레옹을 다시 만나게 되고 뜨거운 사랑에 빠져든다. 에마는 여러 구실을 만들어 그와의 밀회를 이어가는데, 몸을 단장하고 데이트하는 비용을 대느라 고리대금업자에게 집을 저당 잡히기까지 한다.

남편이 수술에 실패하면서 사정이 점점 어려워지는데도 에마는 남편은 물론이고 어린 딸에게도 무관심한 채 점점 파탄의 구렁텅이로 인생을 몰아간다. 8천 프랑의 빚을 진 에마는 궁지에 몰리자 지푸라기를 잡는 심정으로 로돌프에게까지 도움을 청하지만 냉정하게 거절당한다.

남편에게 이 사실을 알리고 사과해야 한다는 사실이 끔찍해진 에마는 사채업자가 집을 차압하러 오기 전날, 약방의 조제실에서 비소를 집어 먹고 스스로 목숨을 끊는다. 착한 남편은 슬퍼하며 묻는다.

"당신은 행복하지 않았단 말이오? 나는 힘닿는 데까지 다 했는데……."

에마는 죽어가면서 남편에게 말한다.

"당신은 참 좋은 분이에요."

인생의 가장 소중한 것들은 생의 마지막 순간에야 알게 된다. 그 사실을 깨닫기 위해 너무나 호된 인생 수업료를 치러야 했던 에마. 지리멸렬한 현실 대신 화려한 생활을 동경하고, 지루한 결혼 생활 대신 뜨거운 사랑을 꿈꾸었으며, 끝 간 데 모르는 욕망의 끈을 잡고 질주하다 결국 추락해버린 에마를 어리석다고 비웃을 수 있을까.

누구나 지금과는 다른 삶을 꿈꾼다. 그토록 지루하기만 했던 오늘 하루가 바로 행복이었다는 사실을 자주 잊고 산다. 판타지와 리얼리티 사이를 오가다가 판타지에 영혼을 빼앗기기도 한다. 욕망의 판타지, 그 대가는 쓰디쓰다. 권태의 늪에 빠져들지 않는 법, 욕망이라는 덫을 피하는 법은 행복이 지금 이 순간 내 곁에 가까이 있다는 것을 기억하는 것 아닐까.

루이제 린저
『생의 한가운데』

☑ 그렇게 생은 흐른다

시대악과의 싸움에서 뛰어난 용기를 보인 작가

루이제 린저Luise Rinser, 1911~2002는 반나치 활동을 했다는 이유로 정부의 박해를 받은 데 이어 투옥되었다. 1944년 10월 사형선고를 받기도 했으나 전쟁이 끝나면서 극적으로 석방되었다. 또한 그녀는 남편이 정치적 이유로 징집되었다가 러시아 전선에서 전사하는 아픔을 겪기도 했다.

현대 독일을 대표하는 작곡가 카를 오르프와 재혼했다가 이혼하는데, 1960년대 이후 이탈리아 로카 디 파파에서 거주하다 말년은 고국에서 보냈다. 주간지 『슈테른』과의 인터뷰에서 왜 이탈리아에 거주하느냐는 질문에 린저는 이렇게 대답했다. "내 인생을 나는 이탈리아에서만 살아낼 수 있어요. 여기에선 격정이 공개적으로 표출되기 때문이죠."

토마스 만은 "시대악과의 싸움에서 뛰어난 용기를 보인 작가"라고 그녀를 평한 바 있다. 루이제 린저는 정치적, 사회적 문제에 적극적으로 개입해 휴머니티, 정의, 자유를 옹호했다. 억압받는 민족에 특히 관심을 기울여 북한을 여러 번 방문했으며 북한 여행기와 작곡가 윤이상과의 대담록을 쓰기도 했다. 1984년에는 녹색당 대통령 후보로 출마한 바 있다.

전 세계 젊은이들을 '니나 신드롬'에 빠지게 한 작품

루이제 린저의 장편소설 『생의 한가운데』는 1950년 출간되었다. 불꽃 같은 삶을 사는 여주인공 니나 부슈만의 삶을 담은 이 소설은 독일에서 출간 당시 1백만 부가 팔려나갔으며, 전후에 허무주의에 빠져 있던 유럽과 전 세계의 젊은이들을 열광시켜 '니나 신드롬'이라는 말이 생겨나기도 했다. 방황을 거듭하면서도 삶을 두려움 없이 받아들이고, 신념과 자유를 소중히 여긴 니나가 어쩌면 루이제 린저 자신은 아니었을까.

『생의 한가운데』는 니나를 사랑한 의사 슈타인의 일기 형식으로 되어 있다. 어느 날 환자로 찾아온 니나를 사랑하게 된 의사 슈타인은 그들의 사랑을 일기 속에 담아간다. 그리고 죽음을 앞두고 그 일기장을 니나에게 보낸다. 니나는 언니와 함께 그의 일기를 읽어 내려가는데, 그러는 사이사이 과거를 회상하는 것이 소설의 내용이다.

의사 슈타인의 일기는 이렇게 시작된다.

새로 여자 환자가 한 명 생겼다. 그 여자는 골칫덩어리다.

열두 살 차이가 나는 니나와 언니는 서로 성격이 다른 자매다. 생의 한가운데에서 직접적으로 부딪치며 치열하고 복잡하게 살아가는 니나와 달리 언니는 생의 변두리에서 고요하게 살아가는 인물이다. 두 사람은 오랫동안 서로 연락 없이 지냈다. 니나가 몇 번이나 언니에게 간섭하지 말아달라고 선언했기 때문이다.

언니가 잠시 고향에 다니러 오면서 두 사람은 우연히 마주치게 되고 그 후 언니는 수선화를 들고 니나가 머무는 곳으로 찾아간다. 그때 마침 우편배달부가 한 묶음의 편지와 소포를 가지고 오는데, 그 속에는 평생 혼자서 니나를 사랑해왔던 의사 슈타인의 일기와 편지가 들어 있었다.

니나의 언니가 그의 일기와 편지를 소리 내 읽으면, 니나가 당시에 대한 회상을 들려준다. 그리고 사이사이 자신이 바라보는 세상에 대해 이야기한다.

슈타인은 편지에 이렇게 썼다.

"사랑하는 니나. 오늘이 우리가 처음 만난 지 18년이 되는 날이다. 나는 너와 다시는 만날 수 없다. 나는 불치의 병에 걸렸다. 암이다. 그리고 나는 이 병이 참을 수 없는 고통이라는 비겁한 무기로 나를 쓰러뜨리기 전에 자연스럽게 생을 끝낼 자유를 택하겠다."

그의 편지는 "진정으로 살아보지 않은 채 죽는다는 것은 얼마나 어려운 일인지. 잘 있어. 잘 있어……"라는 인사로 끝난다.

슈타인은 환자로 니나를 처음 만난다. 슈타인은 그녀를 '야위고 발육이 덜 된 어린 소년인 줄 알았다'고 회상한다. 그러나 니나와 눈을 마주친 순간 그녀에게 깊은 인상을 받는다.

그는 매일 니나를 만나는데, 그녀 어머니의 수다를 통해 니나가 잘 짜여진 숨 막히는 질서 속에서 자란 자유롭고 위태로운 영혼임을 알게 된다. 사는 것보다 죽음이 훨씬 아름답다며 종종 죽음을 꿈꾼다고 당차게 말하는 니나를 보며 슈타인은 그녀를 잃어야 하는 고통이 얼마나 끔찍할지를 깨닫는다.

슈타인은 그녀가 혹시 죽지 않을까 걱정돼 니나의 집 담장에 기대서서 그녀의 집을 바라보며 밤을 지새운다. 계속 니나를 그리워하며 다시 만날 수 있기를 갈망한다. 그는 친절한 무관심보다는 미움이 낫다며 다시 그녀와 연결될 수 있는 끈이 있다면 무슨 일이라도 할 수 있다고 말한다.

니나를 다시 만나게 되었을 때 슈타인은 그녀의 눈짓 하나, 목소리 하나에도 섬세한 감정의 변화를 겪는다. 항상 자유로움을 추구하며 무엇에도 거칠 것이 없는 니나를 사랑하기 위해서는 인내가 필요했다. 한 남자에게 얽매이지 않는 니나는 이렇게 말한다.

"언제나 한계뿐이고 육체뿐인 이런 생을 어떻게 견딜 수 있죠? 다른 게 있는데! 우리가 동경하는 자유가!"

니나는 끝끝내 슈타인과 평행선을 유지한다. 그의 애정을 알면서도 스스로의 열정에 따라 자유와 신념, 방종의 삶을 살아간다. 슈타인은 그렇게 18년간 자유로운 영혼인 니나의 삶을 지켜본다. 그녀가 다른 남자와 결혼하고 자신의 친구인 알렉산더의 아이를 낳는 것을 보았으며, 자살을 택한 그녀를 살려낸다. 남편의 옥중 자살을 방조하는 모험을 도와주고, 그녀가 반란 방조죄로 15년형을 언도받고 감금되는 것도 보게 된다.

그에게 비친 니나는 "아무런 두려움 없이 자신의 느낌을 그대로 말하는 용기가 있는 여자. 분위기와 출세를 위해서 거짓말을 할 이유가 없는 여자. 화산과 같은 여자. 유혹적이면서도 천진난만하고 도덕가처럼 굴지도 않고 본능적으로 모든 걸 알고 있으면서도 멀고 생소하고 붙잡을 수 없는 여자"였다.

니나는 슈타인에 대해 이렇게 말한다.

"그는 나를 사랑했어. 그는 나를 17년간이나 관찰했고 나를 혼란스럽게 했어. 그 자신에게도 마찬가지였겠지. 사랑은 그의 병이었어. 그러나 그 사랑이 없었다면 그는 벌써 오래전에 메말라버려서 아무것도 안 남았을 거야. 그는 자신의 살아 있음을 위해 사랑을 필요로 했어."

치열한 생의 한가운데로 나아가서 직접 부딪쳐가면서 살아간 니나, 그런 니나를 지켜보는 나약한 지식인인 슈타인. 그리고 생의 변두리에서 고요하게 살아가는 니나의 언니……. 과연 이들 중 누구의 삶의 방식이 더 옳다고 말할 수 있을까.

니나는 이렇게 고백한다.

"나는 나의 재능을 종종 저주했어. 결혼해서 아기를 낳고 가구의 먼지를 닦고 마당에 빨래를 너는 여자들과 나를 백 번이나 바꾸고 싶었어."

늘 가슴에 불꽃을 안고 살아서 치열하게 타오르는 것이 유일한 삶의 방법이었던 니나. 너무나 강해서 오만해 보였던 그녀가 실은 오히려 그 반대의 삶을 그리워하며 동경하고 있었던 것이다. 누구도 삶을 선택할 수는 없다. 그저 주어진 삶을 살아낼 뿐. 그렇게 생은 흐르고, 저마다 그 생의 한가운데를 걸어가고 있다.

버지니아 울프
『댈러웨이 부인』

☑ 세월이 아프지 않은 사람은 없다

☑️ 작가의 삶

자기만의 방을 찾아서

버지니아 울프Adeline Virginia Woolf, 1882~1941는 『영국 인명사전』의 편집자인 레슬리 스티븐의 딸로 태어나 일찍이 문학에 눈을 떴다. 그녀는 여성들이 남성의 예속에서 벗어나 '자기만의 방'을 가질 것을 강조했다.

정신불안 증세에 시달리던 그녀는 1941년 3월 28일 집 근처 강물에 투신, 자살로 생을 마감하였다. 죽기 전 "흐르는 저 강물을 바라보며 당신의 이름을 목 놓아 불러봅니다"라며 남편 레너드 울프에게 편지를 남겼는데, 그녀는 거기서 어린 시절 의붓오빠의 성적 학대로 힘들었던 과거를 고백하였다.

남편에게 청혼을 받았을 때 버지니아는 두 가지를 요구했다. 부부 생활을 하지 않겠다는 것과 작가의 길을 가려는 그녀를 위해 공무원 생활을 포기해달라는 것이었다. 레너드는 성적 욕망과 사회적 지위를 모두 버리라는 그녀의 요구를 들어주었고, 결혼 후 그 약속을 지키며 출판사를 차려 묵묵히 아내를 후원했다.

'의식의 흐름' 기법으로 깊숙한 내면까지 담아내다

1925년, 버지니아 울프가 43세 때 출간된 장편소설 『댈러웨이 부인』
은 원래 제목이 'The Hours시간들'이었다. 작품이 거의 완성 단계에 이
르렀을 때 '댈러웨이 부인'으로 제목이 바뀌는데, 이 소설 역시 그녀의
다른 소설들처럼 의식의 흐름을 따르는 기법을 쓰고 있다.

이는 작가가 인물의 내면에 침투하여 무의식의 물결이나 심리의 파문
을 움직이는 대로 섬세하게 그려내는 것이다. 현재의 사람, 사물, 개념
들이 주요 인물들의 의식 속에서 과거의 사람, 사물, 사건 들의 기억
을 끊임없이 불러오는 것을 보여준다.

『댈러웨이 부인』은 파티 준비를 하러 나서는 데서부터 시작해 그 파티
가 끝나는 것으로 마감되는 소설이다. 서술하는 시간은 단 하루지만
그 안에 댈러웨이 부인의 처녀 시절, 피터와의 사랑, 샐리 시튼과의
우정 등 반생에 걸친 시간들이 회상의 형태로 스며들어 있다.

1923년 6월의 오전, 52세의 클라리사 댈러웨이는 그날 저녁에 열릴 파티를 준비하느라 런던 거리를 돌아다닌다. 그녀는 국회의원 리처드 댈러웨이의 부인이자 사교계의 명사이다. 상쾌한 날씨는 버턴 지방의 시골 마을에서 보낸 그녀의 젊은 시절을 떠올리게 한다.

클라리사는 길에서 우연히 소꿉친구 휴와 마주치게 되고, 문득 피터가 그를 몹시도 싫어했다는 것을 떠올리게 된다. 피터 월시는 열정적인 키스로 그녀를 설레게 했던 옛 애인이다. 그녀는 왜 자신이 피터와 결혼하지 않았는지 자신의 선택에 대해 생각한다. 스무 살 무렵의 그녀에게 피터 월시는 지나치게 예민해 감당하기 힘든 남자였다.

집으로 돌아온 클라리사는 브루턴 부인이 남편만 오찬에 초대했다는 사실을 알고는 서운함을 느낀다. 그리고 자신의 코트를 치우며 소녀 시절 샐리 시튼과 나누었던 특별한 우정을 떠올린다.

저녁에 입을 초록색 실크 드레스를 고치고 있는데, 피터 월시가 예고 없이 그녀를 찾아온다. 뜻밖의 방문이 반가운 한편 당황스럽기도 하다. 피터는 그녀의 양손을 잡으며 늙었다고 생각하고, 클라리사는 그가 아직도 주머니칼을 가지고 장난치는 걸 보며 여전하다고 생각한다.

인도에서 돌아온 피터는 아내와 이혼을 서두르고 있었는데, 인도 주둔군 소령의 부인과 사랑에 빠졌기 때문이다. 그의 정열적인 사랑 행각이 클라리사에게는 그저 인생의 낭비요, 바보짓으로만 보인다.

옥스퍼드에서 퇴학당한 일, 인도로 가는 배 위에서 만난 소녀와 결혼한 일, 소령 부인과 사랑에 빠진 일 등 피터의 행동은 클라리사에게는 이해할 수 없는 것투성이였다. 그럼에도 여전히 그에게 애틋한 마음을 느끼고, 순간 '그와 결혼했더라면 이런 황홀한 즐거움이 하루 내내 나의 것이었을 텐데!' 하고 생각하기도 한다.

피터도 클라리사에게 실망하긴 마찬가지였다. 예전의 클라리사에게는 "여자로서의 천부적인 재질, 어디에서든지 자신의 세계를 만들어낼 수 있는 그런 재질"이 있었다. 하지만 지금의 그녀는 지위나 상류 사회, 출세 같은 것에 지나치게 관심을 가진 여자, 끊임없이 파티를 열어서 시간을 낭비하는 여자, 마음의 칼날을 무디게 만들고 분별을 잃어가는 여자라고 피터는 생각한다.

오후 3시, 집에 돌아온 남편 리처드가 그녀에게 장미꽃을 건넨다. 이번에는 꽃을 내밀면서 사랑한다고 직설적으로 말해야지 생각했지만, 막상 집에 가자 이제까지 그러했듯 아무 말도 하지 못하고 만다.

사실 클라리사는 사교적인 성격도 아니고 인생의 회의를 느끼곤 하지만 파티를 열어 사람들이 모이게 하는 것을 좋아한다.

"서로들 어울려서 무엇을 창조해내는 것을 좋아할 뿐이다. 무엇을? 누구를 위해서? 아마 의식을 위한 의식일는지도 모르지. 아무튼 내 타고난 성격이야. 나는 사색도 못하고 피아노도 못 치고 글도 못 쓰지. 하루가 가면 또 아픈 하루가 와. 목요일 금요일 토요일 이렇게……. 아침에 일어나면 하늘을 쳐다보고 공원을 산책하고 갑자기 피터가 찾아오고 그리고 저 장미꽃……. 이런 것들만으로도 충분해."

마침내 그녀가 여는 파티가 시작되고 상류층 인사들을 비롯해 수상까지 참석한다. 파티가 끝나갈 무렵 정신과 의사인 윌리엄 브래드쇼 경과 부인이 도착한다. 브래드쇼 부인은 남편의 환자가 창에서 뛰어내려 자살했다는 소식을 전한다. 창에서 투신한 남자라니! 클라리사는 전율한다.

"왜 자살을 했을까? 공포, 무기력감…… 부모들은 우리 손에 생명을 쥐여주셨지만 마음속에는 이것을 다할 수 없다는 두려움이 숨어 있어."

그녀는 만난 적도 없는 그 청년을 느낀다. 그리고 독백한다.

'어쩐지 내가 그 사람과 꼭 닮은 것 같아.'

밤 12시가 지나고 파티가 끝나면서 클라리사의 뒤엉킨 회상도 막을 내린다.

클라리사는 겉으로 보면 아무런 걱정이 없을 것 같은 사람이다. 미모와 재능을 겸비했을 뿐 아니라 화려하고 너무나 완벽한 상류층 귀부인인 것이다. 그러나 그녀의 하루를 둘러보고 나면 그 슬픔이 만져진다. 그녀는 인생이 너무나 단조로워 튤립 꽃밭에서도 즐거움을 찾고, 너무나 고독해서 유모차에 탄 어린아이한테서 기쁨을 얻으려고 하고, 너무나 슬프기 때문에 누군가 가볍게 던진 농담 한마디에도 한껏 웃어보려고 한다.

오늘도 시계는 차츰 줄어드는 시간의 조각을 친절하게 알려준다. 그 세월이 아프지 않은 사람은 없다. 타인의 마음은 알 수도, 이해할 수도 없다. 그러나 아픈 세월을 함께 견디고 있다는 연민을 지녀볼 수는 있을 것이다.

알렉산드르 솔제니친
『이반 데니소비치의 하루』

✔️ 수용소 3천6백53일 중 오직 하루의 이야기

노벨문학상을 받고도 시상식에 가지 못한 이유

알렉산드르 솔제니친Aleksandr Isayevich Solzhenitsyn, 1918~2008은 그가 태어나기도 전에 아버지를 사고로 잃고 어머니 손에 자랐다. 대학에서 수학과 물리를 전공하고 육군 장교가 되었다.

그는 절친한 친구에게 별 생각 없이 스탈린에 대한 불만을 편지에 써서 보냈는데, 그것이 스탈린의 정보망에 걸려들어 체포되었다. 그는 감옥과 강제노동 수용소에서 8년을 보낸 뒤, 3년 더 유형 생활을 해야 했다. 이후 『수용소 군도』를 출간하며 소련 정부로부터 추방당해 미국 망명길에 올랐다. 1994년에야 복권되어 고국으로 돌아갔으며, 2007년에는 국가 공로상을 받았다. 그리고 1년 뒤인 2008년 심장마비로 생을 마감했다.

1962년 발표한 『이반 데니소비치의 하루』는 작가의 경험이 고스란히 들어 있는 소설이다. 반역죄로 인한 투옥과 추방 경험이 그로 하여금 『이반 데니소비치의 하루』를 쓰게 했다. 솔제니친은 1970년 이 작품으로 노벨문학상을 수상했지만, 소련 정부가 귀국을 허락하지 않을까 두려워 스톡홀름에서 열린 시상식에도 참석하지 못했다.

가혹한 현실에서 피어나는 인간애와 유머

솔제니친 작품 중 최고로 꼽히고 현재 러시아 고등학교 교재로 쓰이고 있는 『이반 데니소비치의 하루』는 이렇게 시작된다. "오전 5시, 여느 때와 다름없이 기상 종이 울렸다." 그리고 소설의 마지막은 이렇게 끝난다. "이렇게, 슈호프는 그의 형기가 시작되어 끝나는 날까지 3천 6백53일이나 있었다. 사흘을 더 수용소에서 보낸 것은 그사이에 윤년이 들어 있었기 때문이다."

이 작품은 제목에서도 알 수 있는 것처럼 '이반 데니소비치 슈호프'의 10년간의 수용소 생활 중에서 단 하루, 기상해서, 아침을 먹고, 일을 갔다 오고, 저녁을 먹고, 잠들 때까지를 마치 카메라가 담아내는 것처럼 자세하게 묘사하고 있다. 가혹한 현실을 억제된 필치로 담담하게 그려내면서도 끝까지 유머를 잃지 않는다. 그 속에서 피어나는 따뜻한 인간애가 마음을 뭉클하게 한다.

새벽 5시, 언제나처럼 수용소 본부 건물에 매달아놓은 레일을 쇠망치로 두드리는 기상 종이 울린다. 기상 신호가 떨어지면, 가장 먼저 일어나는 사람은 이반이다. 그런데 오늘은 도무지 일어날 생각을 못 하고 있다. 으슬으슬 몸이 좋지 않아서다.

이반의 잠자리는 2층식 침상의 위쪽. 그는 담요를 푹 뒤집어쓰고 방한복 소매 속에 두 발을 넣은 채 누워 있다. 온몸이 금방이라도 부서질 것 같아 하루만이라도 작업을 면제해달라고 부탁해볼까 하는데, 누군가의 억센 손이 담요와 보온용 덧옷을 낚아챈다. 눈앞에 당직 간수 타타르 하사가 서서 외친다.

"3일간 노동 영창!"

그렇게 시작된 하루였다. 늦잠을 잔 것이 들킨 이반은 본부로 가서 훈훈하게 타오르는 페치카 옆에서 마루 청소를 했고, 그것이 끝나자 식당으로 갔다. 아수라장인 식당에서 어떤 죄수가 성호를 긋고는 죽을 먹는다. 그는 아마도 우크라이나 사람인가 보다. 러시아인은 성호를 잊은 지 이미 오래다.

식사를 끝낸 이반은 숟가락을 방한화에 꽂고 의무실로 간다.

하지만 퇴짜를 맞고는 막사로 돌아온다. "104 작업반, 막사 앞으로 집합!" 하는 반장 추린(수용소 생활 19년의 고참)의 명령이 떨어졌고, 그도 대열에 끼었다.

오늘 작업은 새 작업장의 벽돌을 쌓는 일이다. 줄을 지어 엄중한 감시를 받으며 걸어가는 그의 머릿속에는 갖가지 추억이 주마등처럼 지나간다. 슈호프는 독·소 전쟁에서 포로가 되었다가 탈출해 돌아왔으나 스파이 혐의로 체포, 반국가죄 58조에 해당한다는 죄목으로 10년형을 선고받았다. 여러 수용소를 전전하며 8년을 보냈고 앞으로 2년이 남은 상태. 작업장에 도착한 그는 반장을 도와 언제 몸이 아팠느냐는 듯 열심히 일한다.

살을 에는 추위에 죄수들의 얼굴이 찢겨나가고, 죽 한 그릇을 더 먹기 위해 취사부를 속이고, 영양실조로 치아를 모두 잃어야 하는 수용소 생활. 그 안에서 서로 이용하고, 밀고하고, 미워하고, 경쟁하는 사람들의 하루가 지나간다.

이반은 점호가 끝나자마자 막사로 달려 들어간다. 그리고 때 묻은 담요를 들추고 매트 위에 눕는다.

"하나님. 덕분에 또 하루를 무사히 보냈습니다. 영창에 들어가지 않게 된 것을 감사드립니다. 여기라면 어떻게든 견디어낼 수 있겠습니다."

처음에는 저녁마다 앞으로 남은 형기를 손꼽아 세어보곤 했다. 그러나 얼마 후에는 그것도 싫증이 났다.

"두 번째 점호는 없을 모양이군."

옆 죄수가 중얼거리는 소리가 들린다. 그러나 그때, 바깥쪽 문고리를 벗기는 소리가 난다.

"두 번째 점호다! 건너편 방으로 집합!"

이런 하루를 보낸 이반 데니소비치는 말한다. 오늘은 아주 운이 좋은 날이었다고. 영창에도 들어가지 않았고, 점심때는 죽 그릇 수를 속여 두 그릇이나 먹었고, 병에 걸린 줄만 알았던 몸도 거뜬하게 풀렸으니 거의 행복하다고까지 할 수 있는 하루가 지났다고.

이 작품은 강제수용소 생활의 비참함과 부조리함을 담은 작가의 자전적인 작품이다. 그러나 가장 마음을 울리는 것은 '단 하루뿐'이라는 설정이다. 내일이 없는 것처럼 살아가는 이반의 삶이 묵직한 울림을 준다. 이반 데니소비치는 사상이라고는 가져본 적 없는 순박한 농민이다. 그는 그저 자신에게 주어진 운명을 고스란히 받아들이고 선한 것을 갈망하며 작은 소망을 가지고 하루하루를 살아간다. 그는 공포와 압제, 굴욕이 지배하는 수용소에서도 행복을 찾아낸다.

　행복의 반대어는 불행이 아니라 불만이다. 불만에 마음을 다 내어주고 만다면, 행복이 들어올 공간이 없어진다. 불만을 터뜨리느라 하루를 다 써버리면, 행복이 스밀 시간이 없어진다. 우리에게 주어진 가장 확실한 시간, 오늘. 지금 이 순간 기뻐하고 사랑해야 한다. 절망하고 미워하는 것은 내일. 오늘은 그저 행복해야 한다.

사뮈엘 베케트
『고도를 기다리며』

✔ 기다림은 만남을 목적으로 하지 않아도 좋다

기다림이 탄생시킨 명작

사뮈엘 베케트Samuel Barclay Beckett, 1906~1989는 1906년 아일랜드 더블린 남쪽 폭스록에서 신교도 가정의 차남으로 태어났지만 생애의 대부분을 프랑스에서 보냈다. 그는 2차 세계대전 때 중립국 국민이라는 신분을 이용해 프랑스 친구들의 레지스탕스 운동을 도왔다. 그리고 나치의 눈을 피해 은거 생활을 하면서 다수의 작품을 구상하고 집필했다.

그는 숨어 지내는 동안 전쟁이 끝나기를 기다리며 다른 피난민들과 시간을 보냈다. 『고도를 기다리며』에 나오는, 계속해서 얘깃거리를 찾아내어 말을 이어가는 대화의 양식은 이때 피난민들과 그저 기다리며 이야기를 나누었던 경험의 영향을 받은 것이다.

두 주인공은 누구를 기다리는 것일까

1952년 출간된 『고도를 기다리며』로 사뮈엘 베케트는 세계적 명성을 얻게 된다. 노벨문학상을 수상한 이 희곡에는 끊임없이 기다리는 두 사람이 나온다. 블라디미르와 에스트라공은 고도Godot라는 사람을 기다린다. 그러나 고도가 누구인지는 그들도 알지 못한다. 그들이 알고 있는 것은 오직, '기다려야만 한다'는 사실뿐이다.

이 연극이 공연된 후, 신문과 방송에서 '고도'가 누구이며 무엇을 의미하는지 물었을 때 베케트는 이렇게 대답했다.

"그걸 알았다면 작품 속에 썼겠죠."

『고도를 기다리며』의 첫 장을 열면, 한 그루 나무가 서 있는 시골길에서 블라디미르와 에스트라공이라는 두 방랑자가 기다린다. 어제도, 오늘도, 내일도 한결같이 고도를 기다린다. 기다리는 동안 그들은 도대체 무슨 이야기를 나누는지도 모를 화제를 가지고 계속 이야기를 나눈다. 그리고 왔다 갔다 서성거리고 구두끈을 풀었다 당겼다 한다. 대화도 사소하고 움직임도 그저 사소하다.

"그가 오지 않는다면?"

불안해하면 대답한다.

"내일 다시 오지."

"그리고 모레도 다시 오고."

"그럴지도 모르지."

"매일 계속? 올 때까지란 말이지."

두 사람은 왜 기다리는지 모를뿐더러 지금 무엇을 하고 있는지 잊어버리기도 한다. 어제 일도 잊어버린다. "나무에 목을 매다는 건 어떨까?"라는 말도 그저 사소한 잡담처럼 한다. 기다리는 시간을 조금이라도 메꾸려는 듯, 시간을 때우려는 듯……. 그들에게 중요한 것은 오직 기다리는 고도뿐이다.

기다리고, 또 기다리는 그들에게 포조가 럭키의 목에 포승줄을 감고 그 줄을 잡고 다가온다.

포악한 주인과 하인처럼 보이는 두 사람. 블라디미르와 에스트라공은 혹시 고도가 아닐까 생각한다. 럭키는 맞고 발길로 차이면서도 포조의 시중을 든다. 포조는 고기를 먹고 남긴 뼈다귀를 럭키에게 던져주기도 한다. 포조와 럭키는 학대하고 학대받다가 퇴장한다.

남겨진 두 사람은 또 하염없이 기다린다. 하루해가 다 지날 무렵 기다림에 한계가 왔을 때 나타난 것은 고도가 아니라 고도의 전갈을 알리는 소년이다. "고도 씨는 오늘 저녁에는 못 오시지만 내일은 틀림없이 오시겠다고 선생님들께 말씀드리라고 했습니다"라고 하지만, 다음 날도 고도는 오지 않는다.

고도를 기다리는 그들 앞에 또 포조와 럭키가 나타난다. 눈이 먼 포조는 블라디미르와 에스트라공을 기억하지 못한다. 다시 한번 학대하고 학대받는 장면을 연출하다가 퇴장할 뿐.

마지막에 또 소년이 등장하는데, 소년도 두 사람을 기억하지 못한다. 그저 내일은 틀림없이 오실 것이라는 말만 전할 뿐이다.

결국 블라디미르는 화를 내며 소년을 쫓아버리고, 자다 깬 에스트라공은 고도가 왔었는지 묻는다. 이제 더 이상 기다릴 수 없다며 이곳을 떠나자고 하지만, 블라디미르는 내일 고도를 만나러 여기 와야 한다고 상기시켜준다. 두 사람은 입으로 떠나자고 하면서 여전히 움직이지 않는다.

에스트라공이 블라디미르에게 말한다.

"우리가 이렇게 늘 함께 있은 지가 얼마나 됐지?"

블라디미르가 대답한다.

"잘 모르겠네. 글쎄, 한 50년."

"그럼 갈까?", "같이 가자고" 하면서도 한 발자국도 움직이지 못하는 데서 막이 내린다.

고도는 누구일까? 그들은 왜 기다릴까? 아무런 정보도 없다. 힌트조차도 없다. 아니, 작가마저도 그 대답을 포기했다. 그냥 기다리는 것, 그것이 명제일 뿐. 어쩌면 우리가 사는 일 자체가 기다림인지도 모른다. 꽃이 피기를 기다리고, 눈이 오기를 기다리고, 내 집 장만할 날을 기다린다. 낚시꾼은 고기를 기다리고 산사람은 정상에 오르는 순간을 기다리고, 어느 순간에는 자신이 도대체 뭘 기다리고 있는지도 모른 채로 무작정 기다린다. 그래서 시인도 노래했나 보다. 기다림은 만남을 목적으로 하지 않아도 좋다고.

내가 기다리고 있는 것이 희망이 아니라 허망이라 해도, 내일은 꼭 올 거라는 말에 자꾸 속는다 해도 기다림을 포기할 수 없는 것. 기다림의 슬픈 호수 하나 가슴에 묻어둬야 살아갈 수 있는 것. 그것이 삶이다. 사람만이 아니다. 달맞이꽃은 달을 기다리고 해바라기는 해를 기다리고 개구리는 비가 오기를 기다리고 나목은 봄이 오기를 기다린다. 기다림은 그렇게, 생명이 있는 모든 것들의 숙명이다.

서머싯 몸
『인간의 굴레』

☑ 평범한 행복에 몸을 맡기는 굴레의 삶이 가장 아름답다

서머싯 몸의 자전적 소설

『인간의 굴레』는 서머싯 몸William Somerset Maugham, 1874~1965이 1915년 발표한 자전적인 소설이다. 그는 여덟 살 때 어머니를 잃었고, 열 살에 아버지마저 세상을 떠나자 목사인 작은아버지 집으로 가서 불우한 유년시절을 보냈다. 이때의 이야기는 모두 『인간의 굴레』 속에 들어 있다고 서머싯 몸은 작가의 말에서 밝힌 바 있다.

다만 『인간의 굴레』의 주인공 필립 캐리는 다리를 절었으나 서머싯 몸은 말을 더듬었다. 그는 선천적인 말더듬 탓인지 병적일 만큼 내성적이었는데, 그가 좋아하는 여성상은 『인간의 굴레』 속에 나오는 샐리 같은, 순박하고 따뜻한 여인이었다.

당신은 어떤 굴레에 빠져 있나요

이 소설의 제목은 네덜란드의 철학자 스피노자의 『에티카』 4장의 제목에서 따온 것이다. 스피노자는 책에서 인간을 구속하고 있는 다양한 굴레들의 현상과 원인을 밝히고 그 속박으로부터 벗어날 수 있는 길을 제시한 바 있다.

『인간의 굴레』에서는 자신의 삶을 구속하고 있는 굴레들을 벗어버리고 세상에 눈떠가는 한 젊은이의 성장 과정을 섬세하게 표현하고 있다. 이 소설은 3인칭 화법을 활용하고 있지만, 모든 것은 주인공인 필립의 인식을 한 번씩 거쳐가게끔 되어 있다.

『인간의 굴레』는 일상적인 어느 날의 아침으로 시작된다. 구름이 낮게 드리워 눈이 내릴 것 같던 아침, 유모는 필립을 깨워 어머니에게 데리고 간다. 아이를 사산한 어머니는 그를 마지막으로 꼬옥 안아주고 얼마 안 있어 세상을 떠난다. 어린 필립은 목사인 큰아버지 집으로 보내지고, 학교에선 다리가 불편하다는 이유로 아이들의 놀림감이 된다.

큰아버지는 그에게 학교를 졸업하고 옥스퍼드대학교에 들어가 목사가 되라고 권유하지만, 이를 원치 않는 필립은 독일로 유학을 떠난다. 유학을 다녀온 후 공인회계사 사무실에서 일하던 필립은 모두의 반대를 뿌리치고 다시 파리로 그림 공부를 하러 떠난다. 그곳에서 예술가 지망생들과 만나며 보헤미안처럼 살아가던 필립은 어느 날, 예술가 지망생인 크론쇼에게 인생이 무엇이냐고 묻는다. 그는 대답 대신 필립에게 페르시아 양탄자를 선물한다.

나중에서야 필립은 페르시아 양탄자의 의미를 헤아리게 된다. 직조공이 양탄자의 무늬를 짜는 데 있어 자신의 심미감을 충족

시키는 것 외에 다른 목적이 없듯 사람도 그렇게 살아가는 것임을 알게 되는 것이다. 태어나 성장하여 결혼하고 자식을 낳고 먹고살기 위해 일하다 죽는 무늬, 그것이 인생임을 깨닫게 되는 것이다.

한편 아무리 그림을 그려봐야 이류밖에 되지 못한다는 것을 깨달은 필립은 영국으로 돌아와 의학 공부를 시작한다. 그러다 카페의 웨이트리스인 밀드레드에게 넋을 빼앗긴다. 사악하고 천박하며 종잡을 수 없는 그녀에게 빠져 돈과 마음을 다 바친다. 자신의 친구와 도망간 밀드레드에게 배신감을 느끼면서도 벗어나지 못해 필립은 결국 무일푼이 되고 만다.

그제야 그는 이렇게 한탄한다.

"돈은, 제6감과 같은 것으로 그것이 없으면 다른 감각을 완전히 이용할 수가 없구나."

극심한 생활고를 겪던 필립은 큰아버지가 세상을 떠나며 남겨준 유산 덕분에 중단했던 학업을 마칠 수 있게 된다. 그리고 시골의 병원으로 첫 근무를 나가는데, 그의 의술과 품성을 높이 산 노의사가 동업을 제안한다. 풋내기 의사로서는 솔깃한 제안이었으나 필립은 정중히 거절한다. 세상의 이곳저곳을 실컷 여행하고 싶었기 때문이다.

하지만 힘들 때 자신을 도와주었던 친구 아델리의 가족과 떠난 여행에서 필립은 그의 딸 샐리에게 사랑을 느끼게 되고 그녀와 결혼하기로 결심한다. 늘 인생의 가장 아름다운 무늬를 짜고 싶어서 안달해왔던 필립은 깨닫는다. 생의 가장 아름다운 무늬는 태어나서 일하고, 결혼하고 아이를 낳고 키우면서 죽어가는, 평범한 인생의 무늬라는 사실을.

필립의 삶의 순간순간에는 그를 옭아매는 굴레가 있었다. 장애, 종교, 예술에 대한 꿈, 지독한 사랑의 집착이 그것이었다. 하지만 이제 필립은 자신을 그토록 힘들게 했던 장애도 받아들인다. 그것이 없었다면 아름다움에 대한 예민한 감수성을 가지지 못했을 것이기에. 필립은 그를 고통스럽게 했던 친구의 배신도, 사랑의 횡포도 다 용서할 수 있게 된다.

굴레에 얽매여 있지 않은 삶이 어디 있을까. 우리는 모두 저마다 한두 가지의 굴레를 가지고 살아간다. 그리고 그 굴레를 극복해가는 과정 속에서 평범한 행복에 몸을 맡기는 굴레의 삶이 결국 가장 아름답다는 사실을 깨닫게 된다.

알베르 카뮈
『이방인』

☑ 모든 것은 태양 때문이었다

가난하지만 열정이 가득했던 이방인, 알베르 카뮈

알베르 카뮈Albert Camus, 1913~1960의 아버지는 알제리로 이주해 온 알자스 출신의 농장 노동자였다. 아버지가 제1차 세계대전 때 사망하고, 카뮈는 전혀 교육을 받지 못한 청각 장애인 어머니, 할머니와 함께 극도의 가난 속에서 생활했다. 그는 그때에 대해 "우리의 역사는 살육과 부정과 폭력의 연속이었다"고 회고한다.

그는 공립학교를 급비생으로 다녔는데, 축구팀에서 골키퍼로 활약했다. 카뮈는 운동을 좋아했던 이유에 대해 "패배한 날 밤에 울고 싶은 그 무서운 욕망 때문이었다"고 말한다.

한때 카뮈는 알제 라디오 극단의 배우로 활약하기도 했는데, 당시의 한 배우는 그를 이렇게 회상하였다.

"깡마르고 푸르스름한 얼굴빛을 가진, 키가 훤칠한 청년이었다. 그는 병들었는데도 정열적으로 연극에 사로잡혔다. 그가 바로 알베르 카뮈였다."

그는 대학 재학 시절 철학 교수 장 그르니에를 만나 깊은 가르침을 얻었으며 수많은 작품과 연극 활동을 통해 실존주의적 세계관을 넓혀 나갔다.

부조리를 고발한 실존주의 문학의 대표작

자신만의 독특한 부조리 문학 세계를 구축한 카뮈는 1957년 마흔네 살 때 노벨문학상을 수상했다. 사르트르와 함께 전후 프랑스 문단을 대표하는 실존주의 작가 카뮈가 29세의 나이에 발표해 수많은 논란을 불러일으켰던 작품이 『이방인』이다.

『이방인』은 이렇게 시작된다.

"오늘 엄마가 죽었다. 아니면 아마 어제였는지도 모른다."

2부로 나뉜 이 소설의 1부에는, 주인공 뫼르소가 충동적 살인을 하기까지의 이야기가, 2부에는 살인 후 사형 집행까지 뫼르소가 겪는 일이 담겨 있다.

주인공 뫼르소는 평범한 회사원이다. 양로원에서 지내던 어머니가 사망했다는 소식에도 눈물 한 방울 보이지 않는다. 양로원 수위가 어머니 얼굴을 마지막으로 보겠느냐고 묻지만 보지 않겠다고 말한다. 그리고 빈소에서 담배를 피우고 밀크 커피를 마신다. 태양 때문에 머리가 혼미해진 탓에 장례식이 끝나 돌아왔을 때 제일 먼저 이 생각을 한다.

'이제는 실컷 잘 수 있겠구나.'

다음 날 해수욕을 하러 가서 전에 같은 회사에서 타이피스트로 있었던 마리를 만나 희극 영화를 보고 집으로 돌아와 동침한다. 그리고 그녀가 돌아간 날 아침 이렇게 독백한다.

"결국 조금도 변한 건 없군."

얼마 후 자신을 사랑하느냐는 마리의 물음에 사랑하고 있는 것 같지는 않다고 대답한다. 그런데도 마리가 결혼하자고 하자 그녀가 원한다면 결혼해도 좋다고 말한다. 마리가 묻는다. 다른 여자가 같은 청혼을 해도 승낙했을 거냐고. 뫼르소가 대답한다. "물론."

사장이 파리에 출장소를 열면 그곳에 가서 좋은 조건으로 근무하겠느냐고 묻자 뫼르소는 "이러나저러나 내게는 마찬가지"라고 대답한다.

뫼르소는 같은 건물에 사는 레이몽이라는 건달과 바닷가로 해수욕을 간다. 그곳에서 다툼이 있던 아랍인과 다시 마주치게 되고 레이몽의 권총을 보관하고 있던 뫼르소는 그를 향해 방아쇠를 당긴다.

마침 뜨거운 태양이 그의 뺨에 와 닿았다. 어머니의 장례식을 치렀던 그날처럼 머리가 아프고 이마의 모든 혈관이 피부 밑에서 지끈거리는 듯했다. 엄마의 장례식이 있던 그날과 똑같은 뜨거운 태양 때문에 살인을 저지른 것이다.

그는 범행 동기가 뭐냐는 재판관의 반복되는 질문에 똑같은 대답을 한다.

"레이몽, 해변, 해수욕, 해변, 작은 샘, 태양, 그리고 권총 다섯 발……."

후회하지 않느냐고 재판관이 묻자 후회한다기보다는 성가시다고 답해버리는 뫼르소. 갇혀 있는 감옥으로 마리가 찾아오자 그는 "그녀를 껴안아주고 싶었다. 나는 그 고운 옷감이 탐났다"라고 독백한다. 최종 판결을 앞두고 재판관이 다시 그에게 범행 동기를 명확히 말해달라고 하지만, 뫼르소는 태양 때문이었다고 답할 뿐이다.

감옥에 갇힌 지 다섯 달이 지났을 때 뫼르소는 쇠로 만든 밥 그릇에 얼굴을 비춰 본다. 아무리 웃으려고 해도 무뚝뚝한 채로 있는 얼굴. 빙그레 웃어봐도 비춰진 얼굴은 여전히 슬픈 얼굴이다. 하지만 그조차 어쩔 도리가 없는 것이라고 그는 생각한다.

뫼르소는 아무런 동요 없이 사형을 받아들이고, 그 어떤 참회도 하지 않는다. 인생이란 살 만한 가치가 없는 것이고, 어차피 죽고 마는 것이라면 언제 어떻게 죽든 상관이 없기 때문이다. 그가 사형을 선고받은 후 마리는 더 이상 그를 찾아오지 않는다. 하지만 그는 이제 그녀와의 추억에는 아무런 흥미가 없다.

그를 찾아와 훈계하는 신부에게 뫼르소는 외친다.

"나에게는 확신이 있다. 나 자신의 모든 것에 대한 확신, 그것은 너보다 더 강하다. 내 인생과 닥쳐올 죽음에 대한 명확한 인식이 있다. 내게는 이것밖에는 없다. 그러나 적어도 나는 이 진리를 붙들고 있다. 내 생각은 옳았고, 지금도 옳고, 언제나 옳으리라……."

한밤의 끝에서 사이렌이 울리고 그는 처음으로 어머니를 생각한다. 사람이란 아주 불행하게 되는 법은 없는 거라고 어머니는 말했다. 지금 이 순간 심장이 터질 수도 있지만 내 심장은 터지지 않고 다시 24시간을 얻을 수 있었으니, 행복하다고 느낀다.

그리고 마지막으로 독백한다.

"모든 것이 성취되고 내가 외롭지 않다는 것을 느끼기 위해 나에게 남은 소원은, 내가 사형 집행을 받는 날 많은 구경꾼들이 증오의 함성을 울리며 나를 맞아줬으면 하는 것이다."

이 소설에는 '메커니즘'이라는 단어가 몇 번이나 등장한다. 인류가 만들어낸 메커니즘, 그러니까 일반화, 동질화에서 벗어난 사람, 나와 다른 사람은 다 별종이며 이해할 수 없는 사람이어야 할까? 철저한 허무주의 속에 자신의 삶을 제3자 입장에서 차갑게 바라봤던 뫼르소, 그는 결코 이해할 수 없는 별종 인간인 것일까?

아등바등 타인과 경쟁하며 성공을 향해 달려가던 어느 날 문득 『이방인』의 주인공 뫼르소가 당신의 내면에 찾아올지도 모른다. 그럴 때면 난데없는 의문이 가슴을 두드릴 것이다. '나는 왜 살고 있는가?' '이렇게 사는 것이 과연 잘 사는 걸까?'

어쩌면 문득, 거리의 한 모퉁이를 걸어가다가 멈춰 서서 하늘을 보게 될 것이다. 가끔은 그렇게 낯선 이방인이 되어, 내 삶의 제3자가 되어 나를 바라보는 것도 좋다. 나 자신에게 삶의 방향을 물어보는 것, 내가 내 마음을 방문하는 것만이 자기 안의 이방인을 몰아낼 수 있는 길이라고, 뫼르소가 무표정한 얼굴로 우리에게 말을 건넨다.

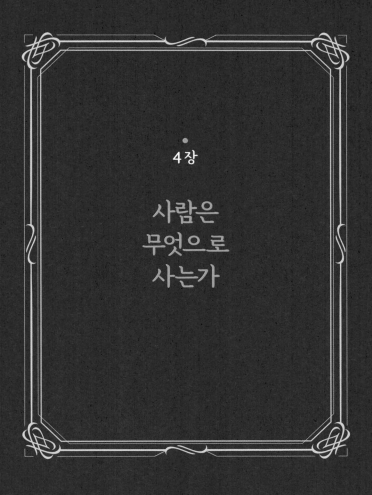

4장

사람은
무엇으로
사는가

프란츠 카프카
『변신』

☑ 어느 아침, 잠에서 깨 벌레가 된 자신을 발견하다

유언을 따르지 않아 세상의 빛을 본 명작

프란츠 카프카Franz Kafka, 1883~1924는 프라하에서 유태계 상인의 아들로 태어나 법학 박사학위를 취득했다. 출세만을 바라는 아버지 밑에서 평생 괴로웠던 카프카는 「아버지에게 보내는 편지」에서 "부자의 관계라기보다는 오히려 폭군과 노예의 관계에 가까웠다"고 썼다. 또 가까스로 글을 써서 독립하게 된 자신에 대해 "엉덩이를 발로 걷어채여 몸을 비틀대면서 겨드랑이로 기어가는 벌레 같다"고 토로했다.

마르고 허약했던 카프카는 중압감에 쫓기며 글을 쓰다가 폐결핵에 영양 부족까지 겹쳐 요양소에서 41세 나이로 숨을 거두었다. 그는 임종 직전 미친 듯이 자신의 원고를 찢으며 불태워버리려 했고, 친구인 막스 브로트에게 자신이 작가였던 흔적을 모조리 없애달라고 부탁했다. 막스 브로트는 대학 시절 만나 내성적이고 우울했던 카프카를 문단에 끌어들인 친구였다. 그는 카프카의 유언을 따르지 않고 오히려 전집을 출판했고, 덕분에 카프카의 문학은 세상의 빛을 보게 되었다.

주인공의 이름에 담긴 숨은 의미

카프카는 결혼은 하지 않고 약혼을 세 번이나 했다.

"저는 오로지 문학이고, 그 밖의 다른 것이 될 수 없으며 또 다른 것이 되기를 원하지 않습니다."

이런 편지를 약혼녀에게 보내고 파혼해버리고는 독신자의 엄숙한 고독을 지켜가던 카프카. 그의 소설 『변신』은 어쩌면 작가 자신의 이야기인지도 모른다.

『변신』의 주인공 잠자Samsa와 카프카Kafka는 모음과 자음의 조합이 비슷하다. '잠자'는 체코어로 '나는 고독하다'라는 뜻인데, 카프카의 심경을 그대로 담은 단어다. 잠자는 '독충Ungeziefer'으로 변신하는데, 이 낱말에는 '기생충'이라는 뉘앙스가 담겨 있다. 경제적으로 독립하지 못하고 부친에게 의존해 살아야 했던 카프카의 '나는 기식자'라는 탄식이 들어 있는 것이다.

어느 날 아침 불안한 잠에서 깨어났을 때, 그레고르 잠자는 침대 속에서 커다란 벌레로 누워 있는 자신을 발견한다. 갑옷처럼 딱딱한 등을 대고 누워 있었는데 나머지 몸뚱이에 비해 너무나 가느다란 수많은 다리가 눈앞에서 힘없이 흔들거리고 있었다. 그레고르는 그런 자신을 보고도 놀라지 않는다. 그저 오늘 회사에 어떻게 가야 할지를 걱정할 뿐.

그는 어떻게 원래 모습으로 돌아갈 수 있을지 고민하는 것이 아니라 지금의 모습에 쉽게 적응할 방법을 고민한다. 까닭 없는 졸음을 제외하면 특별히 불편한 데가 없었으며 시장기를 느꼈을 뿐이다.

방문을 노크한 어머니가 "그레고르! 7시 15분 전이야! 안 가도 괜찮은 거야?"라고 묻는다. 그는 자기 대답 소리에 움찔한다. 헉헉, 고통스러운 호흡 소리가 섞여 나온 것. 다음에는 아버지가 묻는다. "그레고르! 웬일이냐?" 이번에는 누이동생이 노크를 한다. "오빠! 어디 아파요?"

그레고르가 밤에 모든 문을 자물쇠로 채워두는 탓에 식구들은 방문을 열지 못하고 노크만 한다. 아침 식사는 해야겠다는 생각에 밑으로 내려오려 하지만 침대 밑으로 굴러떨어진다. 어떻게든 움직여 방문을 열려고 하는데 잘되지 않고, 7시가 지나자 회사에서 지배인이 찾아온다. 사장님께 근무 태만으로 보고하겠다는 지배인의 말에 그레고르는 버둥대고 꿈틀대며 겨우 문 앞으로 와서 간신히 열쇠를 돌린다.

문이 열리자 가장 먼저 그를 본 지배인이 비명을 지르며 뒷걸음질치고 어머니는 털썩 주저앉는다. 아버지는 적의를 가지고 주먹을 불끈 쥔다. 그가 다가가자 어머니는 "사람 살려!" 하며 달아나고 아버지는 지팡이를 들고 방 안으로 벌레를 몰아넣어 감금하고 만다. 그레고르는 이제 소외될 수밖에 없는 현실을 자각한다.

누이동생이 방문 앞에 우유를 갖다 놓는다. 가족들은 문밖에 열쇠를 꽂고 그의 출입을 막는다. 가정부가 역겨운 벌레 때문에 일을 못 하겠다며 나가고, 그레고르가 일하지 못하게 되자 집안에 돈 걱정이 늘어간다. 아버지가 5년 전 파산한 후 그가 직장 생활을 하며 부모와 열일곱 살인 여동생을 부양해왔기 때문이다.

부모님은 그레고르 방의 가구를 치운다. 정든 가구가 나가는 것이 안타까웠던 그레고르는 추억이 깃든 책상만은 그대로 두고 싶어 자기 뜻을 전하려고 튀어 나간다. 그러나 징그러운 벌레가 된 아들의 모습을 본 어머니는 정신을 잃고 만다. 이제 은행 수위로 취직해 금단추 반짝이는 감색 제복을 입은 아버지가 퇴근해 들어와 그레고르를 밟아 죽이려 한다. 그레고르가 달아나자 이번에는 선반 위 접시에 놓인 사과들을 계속 던진다. 날아온 사과가 등에 깊이 박혀 그레고르는 큰 상처를 입게 된다.

형편이 어려워지자 어머니도 누이도 취직을 하고, 살림에 보태려고 하숙을 치기 시작한다. 하숙인들의 쓰지 않는 물건들과 부엌 쓰레기통이 그레고르의 방에 쌓인다. 방 안이 먼지투성이라 조금만 몸을 움직여도 그의 몸뚱이는 온통 먼지투성이로 변한다. 그레고르는 실과 머리털, 음식 찌꺼기 같은 것을 잔등이나 옆구리에 잔뜩 붙인 채 질질 끌며 기어 다닌다.

하숙인들이 거실에서 식사를 마쳤을 때 누이는 바이올린 연주를 시작한다. 한때 돈을 많이 벌어 여동생을 음악학교에 보낼 꿈에 부풀었던 그레고르는 동생의 연주 소리에 감동해 앞으로 나간다.

'이토록 음악이 마음을 감동시키는데 그래도 벌레일까?'

그는 누이동생 곁으로 무작정 나아가서 그녀의 스커트를 잡아끌며 바이올린을 갖고 내 방에 와달라는 심정을 전하려 한다.

그때 하숙인들이 그를 발견하고 집 안에 대소란이 일어난다.

하숙인들은 즉시 방을 빼겠으며 지금까지의 집세도 낼 수 없다고 선언한다. 배상청구까지 하겠다는 것이다.

누이동생이 손으로 탁자를 쿵! 두드리고 말한다.

"더 이상 이런 벌레 앞에서 오빠의 이름을 입에 올리지 않겠어요! 우리는 저것을 돌보기 위해 사람이 할 수 있는 일은 다 했어요."

아버지는 계속 이 말을 큰소리로 반복한다.

"저게 우리들이 하는 말을 알아들어 준다면!"

누이는 "만약 저게 오빠라면, 제 발로 나갔을 거예요!"라고 말한다.

자, 이제 어떡하면 좋을까. 그레고르는 생각한다. 없어져야 한다고. 다음 날 아침, 그레고르는 시체로 발견된다. 그가 죽었음을 알게 된 가족들은 감사의 성호를 긋는다. 봄날 아침의 부드러운 공기 속으로 나가 전차를 타고 야외로 나간다. 그들은 장래 계획을 얘기하며 이제 딸에게 훌륭한 짝을 찾아줘야겠다고 생각한다.

부지런히 일해서 가족을 부양할 때에는 사랑하는 아들, 존경하는 오빠였으나 아무런 가치가 없어지자 한 마리 징그러운 벌레가 되어버리는 현실……. 가족의 의미는 그런 걸까. 사랑의 의미는 무엇일까.

소외의 외로움은 가슴에 담아둔 채 움츠러든 어깨를 추스르며 당당함의 가면을 쓰고 살아가는 누군가……. 그 사람은 나일지도 모른다. 가족이라면, 어떤 상황에서도 그의 편이 되어주어야 한다. 그의 슬픔을 이해해야, 그래야 가족이다. 그것이 사랑이다.

빅토르 위고
『레 미제라블』

☑ 혁명의 시기를 인간애로 살아간 장 발장

사랑의 위대함을 말했던 작가, 빅토르 위고

프랑스 낭만주의 시대의 거장 빅토르 위고Victor Marie Hugo, 1802~1885는 사랑의 위대함을 늘 말해왔다.

"세상이 한 사람으로 줄어들고 한 사람이 신으로까지 확장된다면, 그 것은 사랑이다."

그는 나폴레옹 휘하의 장군이었던 아버지를 따라 유럽 각지를 옮겨 다니며 성장했는데, 1870년 68세에 파리로 돌아와 이듬해 국회의원에 당선되었다. 80세 생일을 기념해 그가 살았던 거리가 '빅토르 위고 거 리'로 이름이 바뀔 만큼 빅토르 위고는 프랑스 국민의 사랑과 존경을 받았다.

1885년 5월 22일 향년 83세로 별세했는데, 그의 장례는 국장으로 치 러졌으며 그의 시신은 이틀간 개선문에 머물렀다가 파리의 국립묘지 판테온에 묻혔다. 문학사가 랑송에 따르면 "그의 시신은 밤새도록 횃 불에 둘러싸여서 개선문에 안치되었고, 파리의 온 시민이 판테온까지 관의 뒤를 따랐다"고 한다.

제목은 '너, 참 불쌍타'?

우리에게는 '장 발장'이라는 제목으로 더 익숙한 빅토르 위고의 『레 미제라블』. 우리나라에는 『청춘』이라는 잡지를 통해서 1914년 처음 소개되었는데, '너 참 불쌍타'라는 제목을 붙였다고 한다. 레 미제라블 Les Misérable은 '비참한 사람들', '불행한 사람들'이라는 뜻을 가지고 있기 때문이다.

이 작품 속에는 가난과 굶주림 때문에 빵 한 조각을 훔쳤다가 평생 죄인의 낙인이 찍힌 채 살아가는 주인공, 장 발장Jean Valjean의 비참하고 불행한 삶이 담겨 있다.

프랑스 대혁명 직전, 라브리 마을의 날품팔이 노동자 장 발장은 누이동생과 조카 일곱을 부양하며 살아간다. 굶고 있는 조카들을 보다 못한 그는 빵을 훔치다가 체포돼 5년형을 선고받고 감옥에 갇히는데, 남은 가족의 생계가 걱정돼 틈만 나면 탈옥을 시도한다. 그렇게 빵 한 개를 훔쳤다는 죄 때문에 19년간 옥살이를 해야 했던 장 발장이 출옥하여 냉정한 사회에 내던져진다.

　　전과자라는 이유로 식당과 여관에서는 돈이 있어도 그를 받아주지 않는다. 사람들의 냉대, 피곤한 몸, 피폐해진 영혼……. 갈 곳이 없었던 그는 뜻밖에 영혼을 구해주는 따뜻한 손길을 만나게 된다. 미리엘 주교의 도움으로 주교관에 머물게 된 장 발장. 하지만 세상에 대한 불신으로 가득 찬 그는 주교관의 은식기를 훔쳐 달아난다. 그러다 헌병대에 붙잡혀 체포될 위기에 처하는데, 미리엘 주교는 자신이 준 것이라고 증언하여 그를 구해준다. 주교는 장 발장에게 은촛대까지 내주며 말한다.

　　"내가 당신의 영혼을 위해서 값을 치르는 것이오. 나는 당신의 영혼을 샀소."

비로소 세상에 대한 복수심을 버리고 사랑에 눈뜨게 된 장 발장은 새로운 삶을 시작한다.

8년 후 그는 신분을 숨긴 채 마들렌이라는 이름으로 살아가는데, 장식용 구슬 공장을 세워 큰 성공을 거둔다. 그리고 끝없는 선행과 시에 대한 공헌을 인정받아 시장직까지 맡게 된다.

한편 그의 구슬 공장에는 남편에게 버림받고 사생아 딸을 키우는 팡틴이 일하고 있었는데, 사생아를 키우고 있다는 것을 알게 된 다른 여직공들과 싸우게 된다. 이를 본 장 발장이 공장 감독에게 이 일을 해결하라고 한다.

그런데 팡틴을 유혹하려다 거절당한 일이 있는 공장장은 그녀를 해고해버린다. 딸 코제트의 약값을 마련해야 했던 팡틴은 목걸이와 머리카락을 팔다가 결국 거리의 여자가 되고 만다. 밑바닥 인생이 되어버린 그녀는 손님과 다툼이 일어나 다치게 되고, 그 손님은 경찰인 자베르를 불러 그녀를 체포하라고 한다. 그때 장 발장이 나타나 팡틴을 병원에 보낼 것을 요구한다.

장 발장이 수감되었던 교도소에서 교도관으로 일한 적이 있는 자베르는 마들렌 시장을 어디서 본 듯한 느낌을 받는다. 가난한 이들에게 베푸는 삶을 사는 장 발장을 뒤에서 감시하는 자가 있었으니, 회색빛 프록코트를 입고 뭉툭한 지팡이를 들고 테가 축 처진 모자를 쓴 키 큰 사나이…… 자베르 형사였다. 그는 마들렌 시장의 정체에 대한 의심을 놓지 않고 끈질기게 그를 쫓는다.

병원으로 간 장 발장은 죽어가는 팡틴에게 그녀의 딸 코제트를 죽을 때까지 맡아서 키우겠다고 굳게 약속한다. 그런데 엉뚱한 사람이 장 발장이라는 혐의를 받고 체포되어 재판을 받는 일이 벌어진다. 고민하던 장 발장은 그간 쌓아온 재산도, 명예도 아낌없이 버리고 법원에 출두하여 자신의 정체를 밝힌다. 무자비한 자베르에게 즉시 체포되는 바람에 장 발장은 팡틴의 딸 코제트를 데리러 갈 수 없게 되고, 절망한 팡틴은 곧바로 숨을 거둔다.

장 발장은 또다시 감옥에 갇히게 되는데, 배에서 노역을 하던 중 죽어가는 선원을 구하고 바다로 추락하는 일이 일어난다. 다음 날 신문에 장 발장이라는 죄수가 선원 한 명을 구하고 익사했다는 기사가 난다. 하지만 익사를 가장한 탈출이었다. 죽지 않고 다시 나타난 장 발장은 팡틴과의 약속을 지키기 위해 코제트를 찾아간다.

여관 주인에게 맡겨진 코제트는 그곳에서 일하며 학대당하고 있었다. 어둠 속에서 물을 길러 가던 코제트를 만난 장 발장은 주인 부부에게 돈을 지불하고서 아이를 데려온다. 이후 그는 자베르의 끈질긴 추적을 피해 수녀원에서 일하면서 코제트를 키운다. 장 발장의 도움으로 밝게 성장한 코제트는 마리우스 퐁메르시라는 청년을 만나 사랑에 빠진다. 그녀에게 모든 사랑을 쏟았던 장 발장은 "저 아이는 내 손이 닿지 않는 곳에 가버리는구나" 하며 허망함을 느낀다.

1832년 6월 5일 파리는 장 막시밀리앙 라마르크 장군의 죽음을 계기로 혁명의 바람에 휩싸이고 도시 곳곳에서 시가전이 벌어진다. 공화파인 마리우스는 프랑스 혁명 중 온몸에 부상을 입는다. 그대로 두면 죽을 수밖에 없는 마리우스를 구출한 것은 장 발장이었다.

그는 공화파와 정부군이 싸우는 한복판으로 들어가 마리우스를 찾아내고, 기진맥진한 가운데서도 그를 등에 업고 하수도로 도망쳐 탈출에 성공한다. 집으로 돌아온 장 발장은 코제트와 마리우스를 결혼시키고 두 사람에게 자신의 죄를 고백한 후 숨을 거둔다.

한편 시가전 중에 장 발장 덕분에 목숨을 구한 자베르는 탈출 과정에서 그를 붙잡을 기회가 있었지만 놓아준다. 그리고 마리우스와 장 발장을 삯마차에 태워 원하는 곳까지 데려다준 뒤

사라진다. "내가 그토록 집요하게 추적한 저 죄수는 복수의 기회가 왔는데도 날 풀어줬다. 이번에는 내가 그를 용서했다. 왜일까⋯⋯"라고 독백하는 자베르 형사. 그는 법에 대한 신념에 회의를 느끼고 목숨을 버린다.

"오직 하나, 양심의 사면이 필요할 뿐"이라는 장 발장. 평생을 쫓기며 살았지만, 두 모습 속에 한 영혼을 담고 살아갔던 그는, 오직 의무감 하나로 살아가는 우리에게 이 말을 들려준다. '인생에 있어 최고의 행복은, 사랑받고 있다는 확신'이라고. 사랑만이 인간의 유일한 의무이니 서로 사랑하라고.

어니스트 헤밍웨이
『노인과 바다』

☑ 파괴당할지언정 패배할 순 없다

모험과 죽음 사이

어니스트 헤밍웨이Ernest Miller Hemingway, 1899~1961는 의사 아버지에게 세 살 때부터 낚시하는 법을 배웠고, 열한 살 때 엽총을 선물받아 사냥을 시작했다. 모험을 즐겼던 그는 1차 세계대전에는 적십자의 구급차 운전병으로, 스페인 내란과 2차 세계대전에는 종군기자로 참여했다. 투우를 즐기러 스페인에 갔으며, 아프리카 밀림에서 야수 사냥을 하는 모험의 삶을 살았다. 그리고 그 경험들을 소설에 생생하게 그려냈다.

그랬던 그가 왜 엽총을 장전한 뒤 자신의 이마에 댄 채 방아쇠를 당겼을까? 삶의 모험을 하기에는 자신이 완전히 소모되었다고 느껴서였을까? 파괴될지언정 패배하기 싫어서였을까?

몸의 인내와 정신의 의지를 담은 『노인과 바다』

『노인과 바다』는 거대한 물고기와 사투를 벌이다가 뼈만 남은 잔해를 끌고 돌아오는 늙은 어부의 이야기다. 인간은 얼마나 견딜 수 있을까. 인간은 얼마나 강할 수 있을까. 몸의 인내와 정신의 의지를 담은 이 작품은 1952년 어니스트 헤밍웨이가 만년에 쓴 작품으로, 2백 번이나 고쳐 썼다는 일화가 있다.

헤밍웨이 자신도 『노인과 바다』를 가리켜 "평생을 바쳐 쓴 글", "지금 내 능력으로 쓸 수 있는 가장 훌륭한 글"이라고 언급한 바 있다. 그는 이 작품으로 퓰리처상과 노벨문학상을 수상했다.

산티아고는 84일 동안 아무 고기도 잡지 못한, 늙고 초라한 어부다. 하지만 하루도 빠지지 않고 혼자서 거친 바다로 나간다. 마을에서는 그를 운이 다한 늙은이라고 비웃지만, 산티아고에게 고기잡이를 배운 소년만큼은 노인을 따른다. 하지만 허탕을 치는 날이 한 달 이상 지속되자 부모가 나서서 아이를 데려가 버렸다. 노인은 양키스팀의 야구 스타인 젊고 힘센 디마지오를 숭배하고 언제나 꿈속에서 아프리카 해안에 나타나는 사자를 만난다.

어느 날 노인은 홀로 배를 타고 망망대해에 나간다. 해가 기울 무렵 거대한 물고기가 자신의 낚싯바늘을 물었음을 느낀다. 낚싯줄을 잡아당겨 그 물고기를 끌어올리려고 하지만, 너무나 크고 힘이 센 물고기를 이길 수 없었다. 오랫동안 노인과 물고기의 실랑이가 이어졌고, 해가 졌다.

그 물고기는 노인의 조각배를 끌고 끊임없이 바다로 나가고 노인은 한시도 쉬지 못한 채 물고기와의 사투를 이어간다. 노인은 소년이 그리웠지만 옆에 있을 리 없었다. 오직 혼자 싸워야 할 뿐. 노인은 그 상황에서도 물고기에게 연민을 느낀다.

"저 녀석의 도박은 저 어두운 바다 밑에서 견디는 일이야. 그런데 나의 도박은, 사람들로부터 멀리 떨어져서 그 바다 밑까지 놈을 쫓아가는 일이야. 우리는 지금 이렇게 같이 있어. 피차 외톨이야. 아무도 도와줄 사람이 없어."

사흘째가 되자 드디어 물고기가 수면으로 나온다. 물고기가 그가 있는 곳으로 유연히 헤엄쳐 왔을 때 노인은 물고기 등에 작살을 내리꽂는다. 사흘간의 기나긴 투쟁이 끝나고 작살에 맞은 거대한 청새치가 힘이 빠져 죽었을 때, 바다는 물고기의 심장에서 나온 피로 붉게 변했다. 거대한 물고기를 배에 묶으며 노인은 생각한다.

'물고기가 나를 데리고 가는 것일까, 아니면 내가 물고기를 데리고 가는 것일까.'

물고기는 보기에도 1,500파운드는 넘을 것 같았다. 워낙 커서 배에 묶으니 훨씬 더 큰 배를 옆에 하나 붙여 놓은 것 같은 모양새가 되었다. 그는 돛대를 세우고 남서쪽으로 향한다.

노인은 전리품인 대어를 끌고 가는 동안 피 냄새를 맡고 달려든 무서운 상어의 습격을 받는다. 처음 달려든 것은 주둥이가 크고 뾰족한 마코 상어였다. 그는 상어가 다가오는 것을 지켜보며 작살에다 밧줄을 묶는다. 상어의 이빨이 꼬리 바로 위의 살을 물어뜯는 것을 보며, 그는 상어를 향해 힘껏 작살을 내리 찌른다. 상어에 의해 물고기가 물어뜯길 때 그는 마치 자기 살이 뜯기는 것 같은 느낌을 받는다. 상어가 물고기의 살과 함께 작살과 밧줄까지 모두 가져가 버리지만 노인은 포기하지 않는다.

'인간은 패배하기 위해 태어나진 않았어. 인간은 파괴되어 죽을지언정 패배할 수는 없어.'

그는 남아 있는 칼을 노의 손잡이에 비끄러맨다. 다시 두 마리의 상어가 물고기에 달려든다. 그 상어들 역시 사투 끝에 해치운다. 상어들이 물고기를 얼마나 많이 베어 갔는지 배가 좀 가벼워진다. 다음에 온 상어는 외톨이 삽코, 그다음에는 갈라노 상어 둘이었다. 이제 칼도 없고, 남은 것이라고는 갈고리와 노 두 개, 그리고 키와 짧은 몽둥이 하나였다. 그 상어들까지 목숨을 걸고 물리쳤지만 이제 물고기는 절반도 남아 있지 않았다. 반 동강이 된 물고기에게 노인은 말한다.

"물고기였던 것아, 미안하다……."

어둠이 찾아오고 불빛 하나 없는 바다에서 싸움이 끝났다고 생각하지만 또다시 상어들이 떼를 지어 몰려온다. 오로지 느낌과 청각만으로 필사적으로 상어들의 머리 위로 몽둥이를 내리친다. 그때 무언가가 몽둥이를 낚아채 가고, 노인은 키를 방향타에서 뽑아내어 그것으로 치고 때린다. 상어들은 남은 살점들을 다 뜯어먹고 가버린다. 밤중에 다시 상어들이 와서 테이블에서 빵 부스러기를 줍듯 뼈다귀를 건드리지만, 노인은 이제 배를 조정하는 데만 열중한다.

"그 무엇도 아니야. 내가 너무 멀리 갔던 거야."

아침 해가 뜨기 전 육지에 도착한 노인은 무거운 돛대를 어깨에 메고 집을 향해 걷기 시작한다. 잠시 멈춰 서서 뒤를 돌아보는데, 배에 묶여 있는 물고기의 거대한 꼬리가 솟아올라 있다. 그는 물고기의 헐벗은 흰 등뼈의 선을 본다. 뾰족한 입이 달린 거대한 검은 머리, 그리고 그사이의 모든 헐벗음을 본 노인은 오두막집에 도착해 엎드려 잠이 든다.

다음 날 아침, 소년이 오두막으로 와서 노인의 다친 손을 보고 울기 시작한다. 어부들은 노인이 잡았지만 이제는 살점 하나 남아 있지 않은 고기를 구경하고 있고, 소년은 커피를 사는 동안에도 계속 운다. 관광객들은 머리와 꼬리만 남은 거대한 물고기를 구경하고 노인은 또다시 아프리카의 사자 꿈을 꾼다.

우리가 사는 일은 어쩌면 앙상한 뼈만 남은 고기를 이끌고 해

안으로 돌아오는 일이 아닐까. 그러나 노인은 작살이나 밧줄 하나 남아 있지 않은 상황에서 상어 떼와 싸우며 혼잣말을 했다. 인간은 파괴당할지언정 패배할 수는 없다고. 죽을 때까지 그들과 싸워보겠다는 희망을 버린다는 것은 죄악이라고.

　노인이 오늘도 사자 꿈을 꾸는 것처럼, 내일도 어김없이 작살과 밧줄을 들고 바다로 나가는 것처럼, 우리도 생의 바다 한가운데로 나가야 한다. 희망을 버리는 것은 죄악이기 때문에. 파괴당할지언정 결코 패배할 수는 없기 때문에.

니코스 카잔차키스
『그리스인 조르바』

☑ 자유를 향한 끝없는 사랑과 투쟁

자유의 다른 이름, 니코스 카잔차키스

니코스 카잔차키스Nikos Kazantzakis,1883~1957의 묘비명은 이렇다.

"나는 아무것도 원하지 않는다. 나는 아무것도 두려워하지 않는다. 나는 자유다."

그는 왜 그토록 자유에 집착했을까. 1883년 크레타섬에서 태어난 카잔차키스는 터키의 지배 아래 어린 시절을 보내면서 기독교인 박해 사건과 독립 전쟁을 겪었다. 그러는 동안 그는 자유와 자기 해방을 얻기 위한 투쟁을 다짐했다.

1단계 투쟁은 압제자 터키로부터의 해방을, 2단계 투쟁은 인간 내부의 무지, 악의, 공포 같은 형이상학적 추상으로부터의 해방을 쟁취하기 위한 것이었다. 나아가 자유를 위한 3단계 투쟁으로서 사람들이 섬기는 모든 우상으로부터의 해방과 자유를 만끽하고자 했다.

실존 인물을 모델로 한 『그리스인 조르바』

『그리스인 조르바』는 니코스 카잔차키스의 체험담이며, 소설 속 조르바는 작가가 만난 실존 인물이다. 카잔차키스는 그를 "살아 있는 가슴을 가진 사람, 위대한 야성의 가슴을 가진 사람"이라고 회고한다. 그와의 만남을 바탕으로 실제 발칸전쟁에 참전했던 작가 자신의 체험을 투영해 재창조한 인물이 바로 조르바이다. 소설 속 화자가 갈탄광 채굴을 위해 조르바를 일꾼으로 채용하게 되고, 그와 함께한 크레타섬에서의 생활이 소설의 줄거리를 이루고 있다.

『그리스인 조르바』는 이렇게 시작된다.

항구 도시 피레우스에서 조르바를 처음 만났다. 나는 그때 항구에서 크레타섬으로 가는 배를 기다리고 있었다. 날이 밝기 직전인데 밖에서는 비가 내리고 있었다.

소설 속 화자인 '나'는 젊은 지식인으로, 중단된 갈탄광 채굴을 재개하기 위해 크레타섬으로 가는 길이다. 책벌레로 살아왔던 그는 이번 일로 노동자, 농부 같은 단순한 사람들과 함께하며 자기 삶의 양식을 바꾸기로 작정한 상태다. 그런데 단테의 『신곡』을 읽고 있는 그의 앞에 키가 크고 몸이 가는 60대 노인이 우뚝 서서 묻는다.

"날 데려가시겠소?"

"왜요?"라고 묻자 노인은 못마땅하다는 듯 '왜요'가 없으면 아무 짓도 못 하는 거냐고 소리친다. 그가 바로 이 소설의 주인공 알렉시스 조르바이다.

다짜고짜 자신을 채용하라며 자신이 잘할 수 있는 것들을 늘어놓던 조르바는 '나'가 자신의 보따리를 보고 그것이 뭐냐고 묻자 "산투르"라고 대답한다.

"내가 산투르를 칠 때는 당신이 말을 걸어도 좋습니다만, 내게 들리지는 않아요. 들린다고 해도 대답을 못해요. 해봐야 소용없어요. 안 되니까……."

그 이유가 무엇이냐고 묻자 조르바는 대답한다.

"이런, 모르시는군. 정열이라는 것이지요. 바로 그게 정열이라는 것이지요."

'나'는 그의 도발적인 말투와 태도가 마음에 들어서 조르바를 갈탄광의 채굴 감독으로 고용한다. 함께 일하자고 제안하자 조르바는 "마음이 내켜야 해……. 당신은 내가 인간이라는 걸 인정해야 한다 이겁니다"라고 경고한다. 그게 무슨 뜻이냐고 다시 묻자 조르바는 아주 간단하고도 단호하게 말한다. "자유라는 거지!" 그렇게 두 사람은 크레타섬에서 함께 생활하게 된다.

낯선 마을의 이방인처럼 겉도는 '나'와 달리, 호방한 성격의 조르바는 카바레 가수 출신인 여관 주인 오르탕스 부인과도 스스럼없이 지낸다. 악기 산투르를 가지고 다니며 즉흥연주로 춤과 노래를 즐기는 조르바는 아름다운 질그릇을 만들기 위해 물레를 돌리는 데 방해가 된다며 손가락 하나를 도끼로 잘라버릴 만큼 기인의 면모를 보여준다.

거침없고 자유로운 조르바와 이성적이고 이론적인 '나'는 사사건건 의견 충돌을 빚는다. 하지만 과거나 미래보다 이 순간을 즐기며 살아가는 것에 집중하는 조르바의 모습은 잉크와 종이의 감옥에 갇힌 채 살아왔던 '나'에게 생생한 삶의 체험이라는 자극을 주게 된다.

'나'는 조르바 덕에 먹는다는 것이 숭고한 의식이라는 것을 깨닫는다.

"육체에는 영혼이란 게 있습니다. 그걸 가엾게 여겨야지요. 육체란 짐을 진 짐승과 같아요. 육체를 먹이지 않으면 언젠가는 길바닥에다 영혼을 팽개치고 말 거라고요."

모든 것을 투자했던 사업이 망해버렸을 때 조르바는 '나'에게 "빈털터리가 되었으니 아무것도 우릴 방해할 것이 없다"며 춤을 추자고 말한다. 이런저런 계산과 지식의 위선으로 온전히 자유로울 수 없는 '나'는 조르바를 이렇게 부러워한다.

그는 피가 덥고 뼈가 단단한 사나이. 슬플 때는 진짜 눈물이 뺨을 흐르게 했다. 기쁠 때면 형이상학의 체로 거르느라고 그 기쁨을 잡치는 법이 없었다.

결국 모든 것이 끝났고 그곳을 떠나려 하자, 조르바는 케이블, 연장, 운반용 손수레, 쇠붙이 나부랭이와 목재를 해변에다 쌓아

범선이 실어 갈 수 있게 해놓는다. 조르바는 울음을 참으려는 듯이 침을 삼킨다. 그리고 어디로 갈 작정인지 묻는다.

"조르바. 나는 외국으로 나갈까 해요. 내 뱃속에 든 염소라는 놈이 아직 종이를 더 씹어 먹어야 성이 차겠대요. 당신은 버찌를 먹어 버찌를 정복했으니 나는 책으로 책을 정복할 셈이에요. 종이를 잔뜩 먹으면 언젠가는 구역질이 날 테지요. 구역질이 나면 확 토해버리고 영원히 손 끊는 거지요."

먹이를 채는 새처럼 묵묵히 술만 마시고 있는 조르바를 바라보며 '나'는 오열하듯 독백한다.

'인간의 영혼은 놋쇠로 만들어야 했다. 무쇠로 만들어야 했다!'

그렇게 두 사람은 크레타섬을 떠나 각자의 길을 찾아가고 이후 다시는 만나지 못한다. 오랜 세월이 흐른 후 조르바가 죽어가며 분신처럼 여겼던 산투르를 '나'에게 남겼다는 것을 알게 된다.

『영혼의 자서전』에서 카잔차키스는 이렇게 고백한 바 있다.

"내 영혼에 깊은 자취를 남긴 사람을 대라면 호메로스와 부처와 니체와 베르그송, 그리고 조르바를 꼽으리라. 조르바는 삶을 사랑하고 죽음을 두려워하지 말라고 가르쳤다."

야생마처럼 자유로운 영혼, 유쾌한 그 전사는 지중해의 푸른 바닷가에서 산투르를 연주하고 춤을 추며 우리를 향해 말해준다. 온몸으로 살라고. 온 마음으로 느끼라고. 온 힘으로 사랑하라고. 당신을 얽매는 그것을 두려워하지 않는다면 자유를 얻게 될 것이라고.

로버트 루이스 스티븐슨
『지킬 박사와 하이드』

✔ 우리 안에 공존하는 선과 악

병약했던 소년이 꿈꾸었던 모험과 신비의 세계

로버트 루이스 스티븐슨Robert Louis Stevenson, 1850~1894은 영국 에든버러에서 토목기사의 아들로 태어났다. 부친의 뜻에 따라 공과대학에 입학했으나 법학으로 전공을 바꿔 변호사 자격을 취득하였다. 그러나 폐병 때문에 요양 생활을 하다 서른이 넘어서야 문필 활동을 시작했다. 어린 시절 허약해서 늘 병상에서 누워 지내야 했지만, 유모가 머리맡에 앉아 들려주었던 이야기가 풍부한 상상력의 원천이 되었다. 그는 남편과 별거 중인 미국 여성 패니 오즈번을 사랑하게 되었고, 그녀가 이혼한 후 결혼하였다. 그리고 패니의 아들인 로이드 오즈번과 함께 휴가를 보내며 그린 섬의 지도에서 영감을 얻어 『보물섬』을 쓰게 되었다. 아내 패니는 열 살 연상인 데다 체격까지 좋아서 사람들은 그녀를 어머니로 착각했다고 한다.

그는 요양을 위해 가족들과 함께 사모아 제도의 우폴루섬에 가서 농사를 지으며 살았는데, 원주민들에게 추장이라 불리며 존경을 받았다. 1894년 그가 숨을 거두자 가족들은 영국 국기를 내려서 그의 몸에 덮어주었고, 원주민들은 밤새워 그의 주검을 지키며 마지막 경의를 표했다.

꿈에서 본 우리 안의 선과 악에 대한 이야기

『보물섬』과 함께 스티븐슨의 걸작으로 꼽히는 『지킬 박사와 하이드』
는 1886년에 발표됐다는 게 믿기지 않을 정도로 상상력이 기발한 작
품이다.

『지킬 박사와 하이드』를 집필할 무렵 그는 심한 불면증으로 괴로워하
다가 약간의 아편을 먹고 잠이 들었다. 그런데 어떤 사람이 약물을 먹
고 모습이 바뀌는 꿈을 꾸었다. 잠에서 깨어난 후 그 꿈을 소재로 사
흘 꼬박 소설을 써 내려갔다. 탈고된 원고를 읽은 아내는 우화적으로
고칠 것을 제안했고, 아내 말대로 다시 사흘 동안 고쳐 쓴 작품이 『지
킬 박사와 하이드』이다.

이 소설은 지금도 베스트셀러로 연극, 영화, 뮤지컬 등으로 상연되며
사랑을 받고 있다. 추리 기법을 사용하여 흥미진진하며, 나중에 지킬
과 하이드가 사실은 한 몸이라는 것이 밝혀지면서 반전의 묘미를 맛
보게 한다.

지킬 박사의 친한 친구이며 변호사인 어터슨은 악행을 저지른 하이드가 지킬 박사의 집으로 들어갔다는 소문을 듣게 된다. 그리고 지킬 박사가 그에게 맡긴 유언장을 꺼내본다.

'헨리 지킬이 죽을 경우, 그의 전 재산은 모두 그의 친구이며 은인인 에드워드 하이드의 것이 된다.'

어터슨은 지킬 박사가 하이드라는 자에게 약점을 잡힌 것은 아닌지, 과연 하이드의 정체는 무엇인지 궁금증을 갖게 된다. '그래. 그 녀석이 하이드(숨는다)라면 나는 시크(찾는다)다.' 그는 하이드의 정체를 밝혀내어 친구를 보호하겠다고 마음먹는다.

어느 날 밤, 지킬 박사의 집 앞에서 그를 기다리던 어터슨은 그곳이 마치 자기 집인 양 들어가려는 남자의 어깨에 손을 얹고 묻는다.

"하이드 씨지요?"

자기를 어떻게 아느냐고 하이드가 묻자 어터슨은 '오래된 친구 지킬에게서 들었다'고 대답한다. 그 말에 하이드는 큰소리로 웃으며 지킬의 집 안, 실험실 쪽으로 모습을 감춘다.

그의 모습에 섬뜩한 느낌을 받은 어터슨은 지킬을 만나 하이드를 조심하라고 말한다. 하지만 지킬은 오히려 자신이 이 세상에서 없어지면 나를 위해서 그를 도와달라고 어터슨에게 부탁한다.

그로부터 1년 후, 런던을 뒤흔든 잔인한 살인 사건이 일어난다. 국회의원이 살해된 사건이었다. 그 사건 역시 하이드가 범인으로 밝혀지고, 경찰은 하이드의 인상착의가 적힌 지명수배 전단을 만든다. 그러나 아무리 찾아봐도 하이드의 가족은 한 사람도 없었고, 그의 사진 한 장 구할 수 없었다. 그를 봤다는 사람이 몇 명 나오긴 했으나, 소름이 오싹 끼칠 정도로 기분 나쁜 인상이라는 사실 말고는 무엇도 더 알아낼 수 없었다.

어터슨이 지킬을 만나 하이드의 이야기를 전하자, 그는 "두 번 다시 그를 만나지 않겠네. 이 세상에서 그와 완전히 인연을 끊었어"라고 말한다. 그 일로 지킬과 하이드의 인연이 끊어진 것 같아 어터슨은 안심한다. 그런데 지킬과 절친한 또 한 명의 친구인 의사 래니언이 시름시름 앓더니 세상을 떠난다. 그는 어터슨에게 지킬 박사가 죽거나 행방불명이 되기 전에는 절대로 열어보지 말라는 당부와 함께 이상한 편지를 하나 남긴다. 그 후, 지킬 박사는 실험실에 틀어박혀 세상 밖으로 나오지 않는다.

어느 날 어터슨은 산책을 하다 지킬 박사의 집 창문에서 마치 죄수처럼 처량하게 앉아 있는 그의 모습을 보게 된다. 같이 산책하자고 제안하지만 지킬은 몸이 안 좋다며 창가에서 사라져버리고, 절망에 일그러진 그의 모습을 본 어터슨은 뭔가 이상한 느낌을 받는다. 그리고 얼마 후 지킬 박사의 집사가 실험실에서 무슨 일이 일어난 것 같다며 그를 찾아온다.

어터슨은 집사를 따라 지킬의 집에 들어서는데, 그는 아무래도 지킬 박사가 살해되고 그 범인이 실험실에 있는 것 같다며 두려워한다.

"지난 일주일 내내 박사님 모습은커녕 아무 소리도 들리지 않았습니다. 문이 열린 적도 한 번 없었습니다. 식사도 문 옆에 놓아두면 아무도 안 볼 때 살짝 안으로 가져가는 겁니다. 그리고 이런 종이 쪽지만 계단 위로 던져져 있곤 해요."

그 쪽지에는 어떤 약품을 사 오라는 내용이 적혀 있었는데, 주문한 물건을 사 올 때마다 주문했던 약품과 다르다며 몇 번이나 다시 심부름을 보내곤 했다는 것이다. 그가 어느 날인가는 실험실 건물 안으로 들어가 보았더니, 어떤 남자가 복면을 쓰고 실험실을 마구 돌아다니며 무언가를 급히 찾다가 자신을 보고는 괴상한 소리를 지르며 도망쳤다고 했다. 집사는 주인이 살해

된 것이 틀림없다며 그 범인은 하이드인 것 같다고 말한다.

어터슨은 지킬 박사의 문 앞으로 가서 지킬을 부른다. 그런데 안에서 들리는 목소리는 지킬이 아닌 하이드의 것이었다.

"어터슨. 제발 부탁이니 돌아가 주게나."

어터슨은 하인들과 함께 실험실 문을 부수고 들어간다. 실험실 안에는 램프가 켜져 있고 불꽃이 일렁이는 난로 위에서 주전자의 물이 부글부글 끓고 있었다. 그 방 한가운데에 경련을 일으키며 쓰러져 있는 사람은 바로 하이드였다. 그는 지킬 박사의 옷을 입고 있었다.

얼굴 근육을 실룩거리고 있었으나 목숨은 이미 끊어진 상태였다. 하이드는 깨진 유리병을 손에 꼭 쥔 채 누워 있었는데, 거기서 강한 약품 냄새가 풍겨왔다. 하이드가 자살했음을 알아차린 어터슨은 그가 지킬을 살해하고 그 죄가 두려워 자살한 것이라고 추정한다.

이제 남은 것은 지킬 박사의 시체를 찾아내는 일. 실험실 건물 구석구석을 뒤졌으나 그의 시체는 찾지 못하고, 지킬이 남긴 유언장을 발견한다. 그 유언장에는 지킬 박사의 재산을 물려받을 사람이 하이드가 아닌 어터슨으로 고쳐져 있었다.

이게 다 무슨 일인지 알 수 없는 어터슨은 지킬이 남긴 짧은 편지 한 장을 발견한다.

'어터슨. 이 편지가 자네 손에 들어갈 무렵이면 난 아마 행방불명이 되어버렸을 걸세. 어떻게 행방불명이 될지는 나도 미리 알 수 없다네. 그러나 내 예감과 내 상태로 미루어 볼 때 이제 점점 마지막이 다가오고 있다는 것만은 분명히 말할 수 있네.'

그리고 얼마 전 죽은 래니언이 어터슨에게 주고 간 그 편지를 읽어보라는 내용이 쓰여 있었다. 모든 사실을 알고 보니 악마 하이드는 바로, 학식 높고 도덕심이 강한 지킬 박사였다!

지킬 박사는 오랜 연구 끝에 선과 악을 분리하는 약품을 개발했다. 하지만 그 약은 악의 성질만 분리시키는 반쪽짜리였다. 그 약을 자신에게 사용한 지킬 박사는 왜소한 체구에 양심도 도덕도 없는 악의 결정체로 변신했고, 그 인격의 이름이 바로 에드워드 하이드였던 것이다.

그렇게 지킬은 악인인 하이드가 되어 악행을 저지르다가 다시 반작용제를 먹고 착한 사람 지킬 박사가 되었다가 하며 두 인물로 살았고, 점점 악행에 중독되어갔다. 결국 약이 잘 듣지 않게 되어 원래 모습으로 돌아오는 일이 불가능해졌고, 지킬 박사는 고통스럽게 죽어간 것이다.

선을 상징하는 지킬 박사, 악을 상징하는 하이드. 두 인물은 우리 안에도 함께 존재한다. 그래서 선과 악, 위선과 양심, 겸양과 교만 사이에서 갈등하며 살아간다. 하물며 어떤 때는 무엇이 선이고 무엇이 악인지조차 구별하기 어렵다. 하지만 악에서 멀어지고 선에 가깝게 하는 내 안의 제동장치가 있다면 바로 '부끄러움'이 아닐까.

선을 지킨다는 것은 내 안에 부끄러움이 있다는 것이다. 부끄러움은 곧 나에게 내가 드는 회초리다. 부끄러움이 유죄인지 무죄인지 판결하는, 내 마음에 판사의 권한을 부여하는 시간을 수시로 가져봐야겠다. 결국 가장 두려운 상대는 나 자신이니까 말이다.

올더스 헉슬리
『멋진 신세계』

☑ 인간에게 불행할 권리가 필요한가

과학자와 문학가 사이에서 태어난 소설가

올더스 헉슬리Aldous Leonard Huxley, 1894~1963는 과학자와 문학가 가문의 사이에서 태어났다. 그의 할아버지 토머스 헨리 헉슬리는 다윈의 진화론을 발전시킨 저명한 과학자였고, 형 줄리언 헉슬리와 동생 앤드루 헉슬리도 당대의 저명한 생물학자였다. 특히 앤드루 헉슬리는 신경세포막 연구로 1963년에 노벨생리의학상을 수상한 바 있다. 한편 그의 어머니 줄리아 헉슬리는 프라이어스 필드 여학교의 창립자로, 옥스퍼드대학교의 시학 교수였던 매슈 아놀드의 조카였다.

그는 이튼 칼리지를 졸업하고 의학도가 되려 했지만 실명에 이를 정도로 심한 안질을 앓고 난 후에 옥스퍼드대학교에서 영문학을 공부했다. 이러한 성장 배경 덕분에 올더스 헉슬리는 평소 예술, 문학, 과학은 모두가 하나라는 사상을 가지고 있었다고 한다.

20세기 미래 소설 중 가장 현실감 있는 작품

올더스 헉슬리의 소설 『멋진 신세계』는 1932년에 쓴 작품인데, 20세기에 쓰인 미래 소설 가운데 가장 현실감 있는 작품으로 꼽힌다. '멋진 신세계'라는 제목은 셰익스피어의 희곡 『템페스트』 5막 1장에 나오는 대사 "인간이란 얼마나 아름다운 존재인가! 오오, 멋진 신세계여!"에서 가져온 것이다.

SF소설 『멋진 신세계』는 문명이 최고도로 발달한 미래 세계의 이야기다. 소설의 배경이 된 세계에서는 과학이 사회의 모든 부문을 관리하게 된다. 과학의 발달이 인간에게 행복을 가져다주었을까? 그래서 미래 세계는 제목처럼 멋진 신세계일까?

『멋진 신세계』는 먼 미래, AD 2540년의 런던을 배경으로 한다. 작중 연도는 AFAfter Ford 632년으로, 포드자동차가 모델 T 자동차를 대량생산하기 시작한 시기를 기원으로 한다. 자동화, 대량생산, 효율성으로 상징되는 기술문명을 바탕으로 만들어진 세계인 것이다.

빌딩 정문 위에는 '런던 중앙 인공부화 및 조건반사 양육소'라는 간판이 붙어 있고, 방패 모양의 현관에는 "공유, 균등, 안정"이라는 세계국의 표어가 보인다.

소설이 시작되는 장소는 인간 수정실이다. 300명의 인간, 아니 300개가 넘는 인공수정물들이 또 다른 인간, 아니 또 다른 인공수정물들을 생산해내고 있다. 차가운 불빛 아래 흰 가운을 입은 창백한 무리들이 줄지어 움직이고 있고, 신참 견습생들은 소장의 연설을 경청한다.

"임신 능력이란 거추장스러운 것에 불과합니다. 1,200개 중에서 1개의 난소가 임신 능력이 있으면 그것으로 충분합니다."

26세기의 미래 사회에서는 모든 인간이 시험관에서 대량생산

된다. 인공부화 장치는 96쌍을 한꺼번에 양산하는데, 알파, 베타, 감마, 델타, 입실론의 다섯 계급으로 나뉜다. 계급에 따라 산소와 영양분을 조절하여, 산소를 덜 공급받은 하층 계급의 태아들은 지능도, 체격도 열등한 상태로 태어나게 된다.

이들은 태어나기도 전부터 삶의 형태가 결정되는데, 광부와 철강공으로 결정된 태아들은 열기에 익숙해지게 만든다. 또 로켓 조종사가 될 태아들은 계속 회전하는 과정을 거치게 한다. 나중에 그들이 자신의 일을 사랑하게 만들기 위해서다.

시험관 마개를 따면 아이들은 조건반사실로 옮겨진다. 여기서는 아기들에게 특정 반응에 대한 불안과 거부감이 주입된다. 하층 계급에 속하는 아기들은 꽃과 책을 보여준 후 파열음과 전기 충격을 가한다. 꽃과 책을 혐오하게 함으로써 주어진 일에만 몰두하게 하는 것이다. 그 후에는 수면 학습이 이뤄지는데, 아이들은 밤마다 150번씩 연달아 12년 동안 '난 베타 계급이라 행복해', '감마 계급의 아이들은 바보스러워요' 같은 문장을 반복해서 듣게 된다.

그때 무스타파 몬드 각하가 견습생들에게 나타난다. 그는 서부 유럽 주재 총통으로 전 세계에 열 명밖에 없는 총통 중의 한 사람이다. 그는 견습생들에게 가족은 지옥이라고 말한다. 어머니와 아버지, 형제자매, 아내, 애인, 일부일처제, 모험적인 연애가 있던 시대는 그들에게 야만의 시대로 여겨진다.

고민이 있을 때는 소마라는 약을 먹으면 거뜬히 해결된다. 열 가지 우울증을 치료해주며 노력을 극복하고 호르몬과 젊은 피를 수혈해주는 약이다. 그들은 약을 찬양한다.

"혼란에 빠뜨리는 무의미한 시간의 터널이 입을 벌린다면 항상 소마가 대기하고 있는 거야. 유쾌한 소마가 있지. 주말에는 반 그램. 휴일에는 1그램. 호사스런 동방으로 여행하고 싶으면 2그램. 달나라의 영원한 암흑 속에서 잠자고 싶으면 3그램. 그곳에서 돌아오면 시간의 터널을 빠져나와 저쪽 편에 와 있게 되는 거야."

이런 시대에도 이단자는 있다. 레니나와 버나드 마르크스가 그들이다. 버나드는 레니나를 데리고 뉴멕시코 야만인 보호구역으로 여행을 간다. 보호구역 안에서는 아직도 사람이 아기를 낳는다는 안내원의 말에 레니나는 질겁한다. 이곳에는 아직 결혼, 가족, 미신, 종교, 조상의 관습이 남아 있다. 문명세계에서는 각종 주사를 맞고 젊은 피를 수혈받으며 젊음을 유지하지만, 이곳에서는 자연 그대로 늙어가는 노인들이 존재한다.

그런데 그들에게 한 청년이 말을 걸어온다. 그의 이름은 존 새

비지. 존의 어머니 린다는 어떤 남자와 여행을 왔다가 이곳에 낙오되었다고 했다. 절벽에서 떨어져 쓰러져 있던 린다를 마을 주민들이 데려왔고, 임신한 몸이었던 그녀는 이곳에서 아이를 낳았던 것이다. 어머니가 자신의 고향인 문명세계에 대해 말할 때마다 동경심을 가지고 있었던 존은 어머니가 글을 가르쳐주어 서구 문명세계의 책과 셰익스피어 전집을 읽었다.

한편 버나드는 린다와 존을 버린 사람이 토머스 국장이라는 것을 알게 되고, 두 사람을 문명세계로 데려간다. 자신을 아이슬란드로 전출시키려는 소장과 대결하려면 그들이 필요했던 것이다. 존이 국장을 만나 "아버지!"라고 부르자 그는 귀를 틀어막고 뛰쳐나간다. 토머스는 사실 관계를 부인하다 다른 사람들의 조소를 받으며 국장직을 사퇴한다.

낭만과 시를 잊지 못하는 존은 이곳에 와서도 계속 셰익스피어를 읽는다. 『오델로』를 읽고 『로미오와 줄리엣』을 읊고 『템페스트』를 인용한다. 어머니 린다는 소마를 하루에 20그램이나 먹고 환각 상태에 빠진다. 얼마 후 린다가 죽음에 이르자 충격을 받은 존은 소마를 배급받기 위해 모여 있는 사람들에게 가서 소마는 행복을 주는 약이 아니라 독약이라고 외친다.

그는 노예가 되기 싫으면 인간성을 회복하고 진정으로 멋진 신세계를 건설해야 한다고 부르짖다가 결국 체포되어 총통 앞으로 끌려간다. 존은 총통에게 인간으로서 불행해질 권리를 요구한다.

"매독과 암에 걸릴 권리를, 기아의 권리를, 더러워질 권리를, 내일은 무슨 일이 일어날까에 대해서 끊임없이 걱정할 권리를, 장티푸스에 걸릴 권리를, 말할 수 없는 온갖 고통에 시달릴 권리를…… 나는 이러한 모든 것을 원합니다."

문명생활에 지친 존은 언덕 위의 등대 옆에 숨어 혼자만의 시간을 갖는다. 기도하고 땀 흘려 일하며 번뇌를 쫓기 위해 스스로를 채찍질한다. 새로운 생명을 얻기 위한 몸부림이었다. 하지만 사흘째 되던 날 기자들이 몰려들기 시작하고, 그는 궁지에 몰린 짐승처럼 문명에 쫓기다 등대의 아치에 목을 매단 채 발견된다.

'멋진 신세계'는 반어법적인 제목이다. 이 소설은 모든 편리가 행복의 척도는 아니며, 욕망이나 걱정, 불안이 거세되고 불행을 차단한 채 얻은 행복이 인간의 가치를 실현할 수 없음을 보여준다.

가족의 개념이 사라지면 부모에게 효도할 필요도 없고 육아의 고민도 사라질 것이다. 사랑이 없어진다면 질투도, 짝사랑의 괴로움도, 그리움으로 잠 못 드는 밤도 없을 것이다. 늙지 않을 수 있다면 나이 듦에 대한 공포도, 죽음에 대한 두려움도 없어질 것이다. 태어날 때부터 계급이 정해져 있다면 정체성에 대해 고민할 필요도, 꿈을 이루기 위해 애써 노력할 필요도 없을 것이다. 그렇게 하면 우리는 행복해질 수 있을까?

행복은 자동차처럼 컨베이어 벨트에 실려 생산되는 것이 아니다. 일사분란하게 통제되는 조직에서 만들어지는 게 아니다. 슬픔의 늪을 통과한 기쁨, 불행의 그늘을 통과한 행복이 진짜다. 실패의 터널을 통과한 성공만이 진정한 의미를 가지며, 죄악의 유혹을 통과한 양심이야말로 우리가 추구해야 할 삶의 가치다.

콘스탄틴 게오르규
『25시』

☑ 최후, 그로부터 한 시간 후

25시, 서구 사회의 현재 시간

콘스탄틴 게오르규Constantin Virgil Gheorghiu, 1916~1992의 『25시』는 자신의 실제 경험을 바탕으로 쓴 작품이다. 그는 루마니아에 공산 정권이 세워지자 아내와 함께 독일로 망명한다. 그런데 독일이 패하고 연합군과 소련군에게 점령되자 부부가 함께 체포되어 수용소에 갇힌다. 연합군의 적성국가인 루마니아인이라는 것이 그 이유였다.

그는 2년간의 포로 생활을 마치고 석방된 후 『25시』를 썼고, 1949년 프랑스 문단에 소개되며 명작으로 알려지게 되었다. '25시'라는 시간은 소설 속에서 이렇게 묘사되고 있다.

"인류의 모든 구제가 끝난 시간이라는 뜻이다. 이것은 최후의 시간이 아니다. 최후의 시간에서도 한 시간이나 더 지나버린 시간이다. 이것이 서구 사회의 정확한 현재 시간이다."

한국을 사랑한 작가, 게오르규

『25시』의 작가 게오르규는 1974년 한국을 방문해 몇 차례의 강연회와 좌담회를 가진 바 있다. 서구 문명의 위기를 극복할 수 있는 정신을 동양에서 찾았던 그는, 한국을 '새 고향'이라고 부를 정도로 사랑했다. 그 후에도 다섯 차례나 한국을 방문했으며 『한국찬가』를 펴내기도 했다. 그 책에서 그는 이렇게 말한다.

"여러분은 수난의 오랜 역사 속에서 살았습니다. 그러나 여러분은 그 역사의 비참한 패자들이 아니라, 도리어 한 사람 한 사람이 모두 왕자입니다. 잊지 마십시오. 오랜 세월이 흘러가고 많은 고통이 또 밀려와도 잊지 마십시오. 여러분은 여전히 왕자라는 것을……."

순박한 루마니아 농부인 모리츠는, 사랑하는 여자 스잔나의 집 앞에서 두 손을 깔때기처럼 입가에 대고 "부엉! 부엉!" 소리를 낸다. 그러자 스잔나는 나와서 부엉이 울음소리는 불행을 뜻하고 죽음을 의미한다며 불안해한다. 이 대화는 그들의 미래가 그리 밝지 않다는 것을 예고해준다.

포악한 스잔나의 아버지를 피해 판타나 마을로 도망간 두 사람은 아이 둘을 낳고 행복하게 살아간다. 그러던 어느 날, 모리츠가 영문도 모른 채 징집당해 유태인 캠프에 수용된다. 스잔나를 탐낸 헌병이 루마니아인인 모리츠를 유태인으로 몰아 강제수용소에 넣어버린 것이다. 스잔나는 인생 모두를 걸고 그를 찾아다녔지만 그녀의 힘으로 모리츠를 구하기는 역부족이었다.

모리츠는 수용소의 다른 유태인들과 함께 헝가리로 탈출한다. 하지만 거기서도 루마니아인이라는 이유로 체포되어 스파이 혐의로 고문을 당한다. 그리고 헝가리의 강제수용소에 수감되었다가 헝가리 노동자로 독일에 팔려 가게 된다. 독일에서는 한 대령의 눈에 떠어 그의 명령으로 독일 군인이 되고 독일 여자 힐다와 결혼까지 하게 된다.

아들까지 생기면서 생활이 안정되는가 싶더니 그것도 잠깐이었다. 프랑스 포로를 감시하는 일을 맡고 있던 모리츠는 연합군의 승리가 가까웠다는 사실을 알게 되고, 그때 가족들을 구해주겠다는 그들의 말에 넘어가 함께 독일을 탈출한다. 잠시 영웅 대접을 받았으나, 적국인 루마니아인이라는 사실이 밝혀지며 그는 다시 독일 전범 수용소에 수감된다. 그사이 독일은 전쟁에 패하고 그의 독일인 아내 힐다는 아이를 껴안은 채 불탄 집에서 시체로 발견된다.

모리츠는 올드루프 수용소에서 소설가 트라이안 코르가를 만난다. 트라이안은 모리츠에게 어떤 공포도 슬픔도 끝이 있고 한계가 있으니 오래 슬퍼할 필요가 없는 것이지만 이런 비극은 삶의 테두리 밖의 것, 시간을 넘어선 것이라고 말한다. 더 이상 역사와 문명의 파멸을 견딜 수 없었던 그는 수용소 철조망으로 스스로 걸어 나가 총을 맞고 죽는다. 죽기 전 트라이안은 모리츠에게 자신의 안경을 남기며 말한다.

"나의 친구, 모리츠. 나는 전 생애를 관람객으로만 살아왔네. 관람객으로만, 전 생애를 증인으로만 산다는 건 의미가 없지. 서구 기술사회는 인간에게 관람객의 지위밖에 주지 않았네. 아직 죽지 않았다는 것이 우리의 유일한 희망이지. 희망은 묘지의 틈바구니에도 자라는 잡초 같은 것이야."

한편 모리츠는 열다섯 번째 수용소에서 고향의 신부를 만나게 되는데, 그를 통해 스잔나가 고향의 집에서 여전히 자신을 기다리고 있다는 사실을 알게 된다. 집을 몰수하겠다는 헌병의 협박을 받아 스잔나가 마지못해 이혼 신청에 서명했다는 것도.

그렇게 수용소의 철조망이 모리츠의 인생을 할퀴고 있던 어느 날, 모리츠는 체포되던 때와 마찬가지로 영문도 모른 채 석방된다. 13년간 1백여 곳의 수용소를 전전한 끝에 겨우 아내와 자식들을 만나게 된 것이다. 그리고 아내의 곁에는 어떤 꼬마아이가 있었다. 스잔나가 러시아 군인에게 겁탈당해 낳은 아이였다.

고향으로 돌아가 가족들과 해후하지만 그 행복은 오래가지 않는다. 서구에 사는 동구인의 체포령이 내려지고 모리츠는 석방된 지 18시간 만에 다시 감금되고 만다.

그는 가족을 살리기 위해 미국 군대에 외국인 의용군으로 지원한다. 의용군이 되면 가족들은 수용소에 갇히지 않아도 되기 때문이다. 모리츠는 지원서가 작성되는 대로 사진을 찍어야 했다. 의용군 신청이 많아 기분이 좋은 외국인 의용군 징집소장은 신문에 선전할 생각에 그에게 웃으라고 명령한다.

자신을 향해 터지는 플래시 빛 속에서, 모리츠는 그가 살아온 수백 킬로미터의 철조망을 생각한다. 그 철조망이 전부 그의 몸을 칭칭 감는 것처럼 느껴진다. 다시 전쟁터로 갈 생각을 하면 절망감에 울고 싶을 따름이었다. 그런 가운데서도 장교는 계속 명령한다. "웃어! 웃어! 그대로 웃고 있어!"

그럼에도 모리츠는 스잔나와 지낸 짧은 해후의 시간을 감사해 한다.

"그래도 참 좋았어. 이젠 죽어도 여한이 없어. 나는 이렇게 아름답고 즐거운 시간을 다시 가질 수 있으리라고는 생각지도 못했지."

25시, 인간성 부재의 상황과 폐허의 시간, 절망의 시간⋯⋯. 『25시』의 작가 게오르규는 그 슬픈 시간을 극복할 수 있는 길은 오직 인간성 회복에 있다고 보았다. 그리고 동양의 정신 문화에서 그 해답을 찾으려 했다. 그래서 아주 동양적인 인간상인 모리츠가 주인공으로 등장한 것이다.

모리츠와 스잔나는 강인한 생명력으로 역사의 희롱에도 살아남았다. 힌두어로 존재는 선善과 동의어이고, 존재하지 않는 것은 악惡과 동의어라고 한다. 그렇게 살 바엔 차라리 죽는 것이

낫지 않느냐고 묻는다면 순박한 농부 모리츠는 뭐라고 답할까. 아마도 씁쓸한 미소를 지으며 이렇게 말하지 않을까? 우리가 이렇게 살아 있다는 사실, 그 하나만으로 충분히 희망적이며 아름다운 것이라고, 오래 슬퍼할 시간이 없으니 지금 바로 미소를 지어보라고.

서머싯 몸
『달과 6펜스』

☑ 6펜스의 일상 속에서 달을 품고 키워나가다

간결한 문체와 빛나는 유머, 서머싯 몸

서머싯 몸William Somerset Maugham, 1874~1965은 쉽고 평이한 문장, 듣기 좋은 어감을 절대적인 글쓰기의 요건으로 삼아왔다. 그는 무명 작가 시절 책이 잘 팔리지 않자 일간지에 이런 청혼 광고를 냈다.

"저는 스포츠와 음악을 좋아하고 교양 있고 온화하며 감상적인 성격의 소유자이고, 젊은 백만장자입니다. 모든 면에서 서머싯 몸의 최근 소설의 여주인공처럼 아름다운 여인과 결혼하고자 합니다."

이 광고가 나간 후 백만장자와 결혼하고 싶은 여성들 덕분에 그의 책은 날개 돋친 듯 팔렸다. 그의 재치를 엿볼 수 있는 일화다. 그런가 하면 기자가 좌우명이 무엇이냐고 묻자 서머싯 몸은 이렇게 대답했다고 한다.

"내키지 않은 일이라도 두 가지는 반드시 행하라. 아침에 일어나는 일과 밤에 잠드는 일만큼은 어기지 않는 것이 나의 좌우명이죠."

달의 삶 vs. 6펜스의 삶

폴 고갱의 인생에서 『달과 6펜스』의 모티브를 따왔다고 했지만, 6펜스의 삶을 버리고 달의 삶을 선택한 스트릭랜드는 바로 서머싯 몸 자신이기도 했다. 어느 날 의사의 삶을 버리고 작가의 길을 선택했으니 말이다.

『달과 6펜스』에서 '달'은 둥글고 은빛의 차가움으로 빛나는 영혼과 감성의 세계에 대한 지향을 의미한다. 그리고 '6펜스'는 영국 은화 중에서 최저액으로, 삶을 영위할 수 있는 세속의 세계를 의미한다.

서머싯 몸은 1919년 『달과 6펜스』를 발표하며 베스트셀러 작가의 반열에 오른다. 4년 전 출간해 별로 주목받지 못했던 『인간의 굴레』마저 재조명받았을 정도로 『달과 6펜스』는 서머싯 몸에게 작가로서의 성공과 영광을 안겨준 작품이다.

『달과 6펜스』는 작가인 화자 '나'가, 죽은 뒤 '천재'로 불리게 된 화가 스트릭랜드의 삶을 이야기하는 구성으로 전개된다.

40대에 들어선 남자, 찰스 스트릭랜드는 런던의 주식거래소 직원이다. 그는 그저 매일의 일상에 허덕이며 예술과는 담을 쌓고 무감각하게 살아왔다. 그와 달리 사교적이고 예술가들과의 교유를 즐겼던 아내가 남편에 대해 문학이나 예술에 영 취미가 없다고 말할 정도였다.

그런데 어느 날 갑자기 스트릭랜드가 홀쩍 사라진다. 미안하다는 말 한마디 없이, '다시는 돌아가지 않겠다'는 편지 한 장만 남긴 채 파리로 떠나버린 것이다. 아내는 남편에게 여자가 생긴 거라고 생각하지만, 그가 떠난 이유는 오직 하나였다. 그림이 그리고 싶어서. 그는 파리 변두리의 싸구려 하숙집에 살며 그림 그리기에 몰두한다. 17년간 아내와 자식들을 부양해왔으니 이제 아내와 역할 바꾸기를 해도 나쁘지 않다며 그는 차갑게 자신을 몰아세운다.

"사랑을 하면서 예술을 할 만큼 인생은 결코 길지 않아!"

파리에서의 생활은 비참하기 그지없었다. 스트릭랜드는 그림을 팔기는커녕 남에게 보이기조차 싫어한다. 그가 그림을 그리는 것은 남에게 보이거나 팔기 위함이 아니었다. 혼이 이끄는 대로 그림을 그리고, 생이 흘리는 대로 살아가고 싶었을 뿐. 무명화가 더크 스트로브는 그의 천재성을 알아봐 주었다.

"귀하고 아름다운 것은 바닷가의 자갈처럼 아무 데나 뒹구는 게 아냐. 아름다움이란 멋있고 불가사의한 거야. 예술가가 자신의 괴로움을 통해 창작해내는 거야."

동양을 동경해오던 불우한 천재 화가는 온갖 방랑 끝에 타히티섬에 도착한다. 당시 그의 나이는 47세였다. 농장의 감독으로 일하며 그림을 그리던 중 그를 열렬히 사랑하는 섬 처녀 아타와 결혼한다. 울창한 열대 식물로 뒤덮인 초라한 집이 그에게는 최후의 안식처였다.

그러나 스트릭랜드는 무서운 나병에 걸려 있었다. 의사로부터 죽음을 선고받은 그는 아타와 함께 깊은 원시림 속으로 들어가 창작에 몰두한다. 실명한 후에도 그칠 줄 모르는 집념으로 움막의 벽 가득히 천지 창조의 그림을 그려나간다. 온 생명을 쏟아낸 대작이었다. 그러나 죽음의 순간에 그는 그 벽화를 모두 태워버리라는 유언을 남긴다. 아타는 그의 뜻대로 천재 화가의 작품을 모두 불태워버린다.

결국 그림 한 장 팔아보지 못하고 타히티의 원주민 여인과 결혼해 살다가 가난하게 죽어간 스트릭랜드. 꿈도 접고 하고 싶은 일도 뒤로 미룬 채 먹고살기 바빠서 허덕이며 살다가 어느 날 문득 저만치 흘러가 버린 청춘과 대면할 때, 울고 싶은 마음을 안고 야자수 즐비한 섬으로 떠나고 싶어지는 건 소설 속 주인공만이 아닐 것이다.

우리는 모두 나를 찾아 떠나는 원시적 여행 '달'을 꿈꾼다. 그러나 매일 그 꿈을 접으며 통속적인 기성복에 몸을 맞추고는 '6펜스'의 삶을 살아간다. 6펜스의 일상 속에 달을 품고 키워나간다.

레프 톨스토이
『부활』

✔ 선善을 향한 노력이 영혼을 구원한다

톨스토이가 돈을 받고 판 최초의 소설

레프 톨스토이Lev Nikolaevich Tolstoy, 1828~1910는 사유재산을 부정했는데, 이것이 아내와 대립하는 가정불화의 원인이 되었다. 자신의 저작물에 대해서는 돈을 받지 않겠다고 맹세했던 그가 최초로 돈을 목적으로 쓴 소설이 『부활』이다.

1910년 10월 28일 새벽, 톨스토이는 아내에게 편지를 남기고 딸 알렉산드리아와 의사를 동반한 채 가출, 방랑의 길에 나섰다. 그리고 며칠후인 11월 7일 우랄 철도의 아스타포보역현재 톨스토이역의 역장 관사에서 82세의 인생과 작별했다. 최후의 말은 이것이었다.

"진리를…… 나는 열애한다……. 왜 저 사람들은……."

진실된 사랑의 힘을 보여주다

톨스토이가 일흔이 넘어 완성한 대작 『부활』은 『전쟁과 평화』, 『안나 카레니나』와 함께 그의 3대 작품으로 꼽힌다. 19세기 러시아의 불합리와 사회 구조, 종교적 모순을 드러낼 뿐 아니라 영혼의 구원과 부활의 가능성을 탐색한 소설이다.

카추샤와 네흘류도프의 사랑 이야기를 통해서 톨스토이는 '사랑을 통하여 선善이라는 목적을 향해 노력하는 것이 인생'임을 들려주고 싶어 한다.

거리의 여자로 살아온 마슬로바, 애칭이 카추샤인 그 여인은 남의 집 종살이를 하는 여자의 딸로 태어났다. 세 살 때 어머니가 세상을 떠나자 지주였던 두 자매가 그녀를 키웠다. 두 자매 중에 동생 소피아는 마음씨가 고왔으나 언니 마리아는 성격이 엄격한 편이었다. 두 자매의 서로 다른 양육 방식 속에서 자란 소녀는 반은 하녀, 반은 양녀 같은 존재였다. 그래서 그녀의 이름도 비칭인 '카치카'나 애칭인 '카첸카'가 아닌, 그 중간을 딴 '카추샤'다.

그녀가 열여섯 살이 되었을 때, 여주인 자매의 조카인 대학생 공작이 놀러 온다. 그가 네흘류도프다. 카추샤는 그를 사모했지만 고백할 수 없었다. 그가 떠나던 날 카추샤는 여주인 자매와 함께 나란히 현관 층계 위에 서서, 새까맣고 약간 사팔뜨기인 눈에 눈물을 가득히 담고 그를 전송한다.

그로부터 2년 후, 전쟁터로 나가는 길에 네흘류도프가 고모네 집에 들러 나흘간 묵게 된다. 그리고 그는 떠나기 전날 밤 카추샤의 방문을 노크한다. 다음 날 아침, 카추샤의 손에 100루

블짜리 지폐 한 장을 쥐여주고는 떠나버린다. 그러고는 카추샤를 잊어간다.

다섯 달 뒤 카추샤는 자신이 임신한 것을 알게 되고, 그 길로 집을 나와 경찰서장 집에 하녀로 들어간다. 하지만 거기서도 석 달밖에 있지 못했다. 쉰을 넘긴 늙은 서장이 추근댔기 때문이다. 그 후, 카추샤는 술 도매를 하는 과부 집에서 신세를 지며 아이를 낳는다. 그러나 아이는 양육원에 도착하자마자 죽어버린다.

돈도 없고 아이도 잃은 카추샤는 이번에는 산림관 집에서 일을 한다. 산림관은 첫날부터 카추샤에게 노골적으로 접근하고, 결국 그의 아내에게 발각돼 카추샤는 월급도 받지 못한 채 쫓겨난다. 이후 그녀는 세탁소를 하는 이모네 집에 몸을 의탁한 채 고용인 소개소를 돌아다니며 일자리를 구하는데, 가는 곳마다 남자들이 수작을 부리는 탓에 들어갔다 쫓겨나기를 반복한다. 결국 카추샤는 유곽으로 흘러 들어가게 되고, 몸을 팔며 7년을 산다.

그녀가 스물여섯 살이 되었을 때 네흘류도프를 다시 만나게 되는 사건이 일어난다. 카추샤가 살인 용의자로 법정에 서게 되고, 네흘류도프가 그 재판에 배심원으로 참석한 것이다. 그는 법정에 선 카추샤를 보고 깜짝 놀란다. 아름답고 순결하던 그녀가 손님과 잠을 자다가 극약을 먹여 그를 죽였다는 혐의로 재판정에 서 있다니.

안일하고 부패한 귀족 생활 속에 나태하게 빠져 있던 그에게 카추샤의 타락은 너무나 큰 충격이었다. 가볍게 농락했던 한 여자의 삶이 그로 인해 무섭게 일그러져 자신 앞에 마치 복수를 하듯 서 있는 것이다. 네흘류도프는 처음엔 과거가 탄로 날까 두려워 도망치고 싶었다. 하지만 까맣게 빛나는 카추샤의 눈이 신의 눈초리처럼 느껴지고, 그녀의 죄에 투영되며 그 자신 역시 비열한 죄를 짓고 살아왔음을 깨닫는다.

그는 결혼을 약속한 귀족의 딸에게도, 몰래 사랑을 하고 있었던 귀족 부인 마리야에게도 진실을 고백한다. 그리고 새로운 정신의 길을 가리라 마음먹는다. 하지만 카추샤는 증오의 눈초리를 보내며 그를 차갑게 대한다. 카추샤는 치솟는 원한에 그가 하자는 대로 고분고분 따르지 않겠다고 마음먹는다. 과거 육체적으로 농락당했지만 정신까지 희롱당하지는 않겠다고, 그가 자신을 자비심의 대상으로 삼게 두지는 않겠다고 생각한다.

네흘류도프는 카추샤의 석방을 위해 동분서주하지만, 그럴수록 귀족 사회가 얼마나 부패해 있으며 무자비한 이기주의에 물들어 있는지 깨닫는다. 그는 카추샤에게 청혼하지만 거절당한다. 결국 카추샤는 무책임한 법조인과 배심원들로 인해 죄도 없이 시베리아 유형에 처해진다. 네흘류도프는 집과 영지 등 재산을 모두 처분하고 세인들의 비웃음을 뒤로한 채 삼등차를 타고 그녀를 따라 시베리아로 간다.

시베리아로 가는 도중 카추샤는 네흘류도프의 노력으로 국사범들 사이에 들어가게 되고, 그제야 그녀의 마음에도 변화가 생긴다. 그를 보아도 찡그리거나 당황하지 않았고, 기쁜 듯이 그를 맞았다. 한편 카추샤는 거기서 혁명주의자인 시몬손의 사랑을 받게 된다. 몇 달 후 감형을 받은 카추샤는 시몬손의 청혼을 받아들인다.

카추샤는 먼 유형지로 떠나고, 네흘류도프는 카추샤가 찾은 사랑을 인정하고 스스로 괴로운 사람을 위해 일생을 바치기로 결심한다. 그렇게 타락했던 그의 영혼은 부활한다. 『부활』은 이런 구절로 끝난다.

그의 인생의 이 새로운 시작이 어떠한 결말을 맺을지, 그것은 미래가 말해줄 것이다.

누구나 지난 삶을 되돌아보면 지우개로 지워버리고 싶은 순간이 있다. 그러나 부패한 껍질을 벗고 새로운 삶으로 부활하는 일, 더럽혀진 나를 버리고 새로운 나로 태어나는 일은 참 힘들고 긴 여정이다. 그럼에도 자신의 인생을 새롭게 써나가는 네홀류도프는 우리를 향해 전해준다.

더럽게 부패한 껍질을 깨고 새로운 삶으로 부활하는 일은 다른 누구도 아닌 나 스스로 해야 하는 삶의 의무이며 존재의 의미라고. 나의 껍질과 부딪쳐 깨지 못하면, 개인에게도 신에게도 희망은 없는 것이라고. 어떤 인생이든, 가장 큰 목표가 되어야 하는 것은 '선善'이라고. 선을 향해 나아가는 것이 인생이어야 한다고.

오 헨리
「마지막 잎새」

☑ 희망, 이 세상 그 어떤 명작보다 고귀한 걸작

세계 3대 단편 작가

오 헨리O. Henry, 1862~1910는 모파상, 체호프와 더불어 세계 3대 단편 작가 중 한 사람이다. 그는 10년 남짓한 작가 활동 기간 동안 300여 편의 단편소설을 썼는데, 가난, 질병 등으로 힘겹게 살아가는 이들의 애환을 담은 작품이 많다. 이는 그의 성장 과정에서 기인한 바가 크다.

그는 의사 아버지와 문학적 재능이 뛰어난 어머니 아래서 태어났지만 어려서 어머니를 잃었다. 숙부의 약방 일을 거들던 그는 일찍이 고향을 떠나 텍사스에서 카우보이, 점원, 직공 등으로 일했다.

도망자에서 소설가로

외롭게 생활하던 오 헨리는 25세에 17세의 소녀와 결혼하였는데, 결혼 후 잠시 은행원으로 일하였다. 그런데 그만둔 은행에서 1896년 공금횡령 혐의로 고소당하자 남미로 도피한다. 그러나 아내의 병세가 악화되어 임종을 보기 위해 미국으로 돌아오게 되고, 체포당해 3년간의 감옥 생활을 하게 된다.

수감 생활 중 아내를 잃는 아픔을 겪어야 했지만 오 헨리는 그때 얻은 풍부한 체험을 소재로 단편소설을 쓰기 시작했다. 결국 감옥 생활이 그를 훌륭한 작가로 만들어준 것이다. 「마지막 잎새」는 그의 작품 중에 가장 유명한 단편이다.

뉴욕의 그리니치 빌리지에 화가들이 모여 사는 동네가 있었다. 그 동네 어떤 납작한 벽돌집 꼭대기 방에 무명 화가인 수와 존시가 공동 화실을 마련했다. 그런데 찬바람이 부는 11월의 어느 날 작고 가냘픈 존시가 폐렴에 걸려 병석에 눕고 만다. 그녀는 침대에 누워 창밖의 잎이 몇 개인지만 세고 있다.

의사는 수를 불러 존시가 살아날 가망성이 10분의 1도 되지 않는다고 말한다. 환자가 살려는 의지가 전혀 없다는 것이다. 존시는 수에게 이제 담쟁이 잎새가 다섯 개밖에 남지 않았다며, 마지막 잎새가 떨어지면 자신도 죽을 것이라고 말한다. 수가 쓸데없는 생각이라고 말해도 소용이 없다.

의사는 희망만이 그녀를 살릴 거라고 말하지만, 존시는 마지막으로 남은 하나의 잎새만 보고 있다. 아래층에 사는 늙은 무명화가 베어먼은 수에게 그 이야기를 전해 듣고는 화를 낸다.

"원 세상에! 담쟁이 이파리가 떨어진다고 해서 자기도 죽겠다는 바보가 어디 있어!"

그 어떤 질병보다 더 무서운 질병, 그것은 삶을 포기하는 절망

일 것이다. 그런데 그 마음을 치유할 수 있는 의사는 바로 자기 자신뿐이다. 마음의 병이 깊은 만큼 육체의 병도 깊어진 존시는 밤새 세찬 비가 내리고 사나운 바람이 불었던 날 아침, 수에게 창문을 열어달라고 한다.

그런데 담벼락에 담쟁이 잎새 하나가 그대로 남아 있는 것이 아닌가. 분명히 떨어져버렸을 거라고 생각한 잎새가 그대로 있자 존시는 희망을 가진다. 그리고 친구에게 말한다.

"내게 수프를 좀 갖다줘. 그리고 포도주를 탄 우유도. 아니, 손거울을 먼저 갖다줘. 나폴리를 그리고 싶어."

오후에 찾아온 의사는 이제 간호만 잘하고 영양만 섭취하면 된다고 말한 다음 아래층의 베어먼 노인이 급성 폐렴이 걸려 내려가 봐야겠다고 한다.

이제 존시는 건강을 되찾는데, 수는 아래층에 사는 베어먼 노인이 폐렴으로 돌아가셨다는 소식을 듣는다. 비 내리는 밤에 그가 어디로 갔는지 아무도 모르지만, 그의 방에서 그가 그날 밤 썼던 사다리와 붓, 녹색과 노란색을 섞은 팔레트가 발견되었다는 것이다.

평생 변변한 그림 한 편 남기지 못했던 고령의 무명 화가, 베어

먼은 생의 마지막에 걸작 하나를 남겼다. 생명 하나를 살리고 절망을 희망으로 바꾼 그 명작은, 세찬 비가 내리던 날 밤, 병이 깊어진 몸으로 그가 담벼락에 그린 잎새 한 장이었다.

「마지막 잎새」를 읽고 나면 내가 가진 능력으로 무슨 일을 하며 살고 있는지 돌아보게 된다. 보잘것없는 능력이라 할지라도 단 한 사람의 생에 희망을 줄 수 있다면, 울고 있는 가슴 하나를 구원해줄 수 있다면, 그렇다면 나는 이 세상에 그 어떤 명작보다 고귀한 걸작을 남기고 있는 중일 것이다.

알렉상드르 뒤마
『몬테크리스토 백작』

☑ 문명의 시대, 욕망하는 인간의 의무

수술 환자에게 마취제 대신 뒤마의 소설을

알렉상드르 뒤마Alexandre Dumas, 1802~1870는 프랑스 귀족인 아버지와 아이티 출신의 흑인 어머니 사이에서 사생아로 태어났다. 『여왕 마고』 등 소설과 희곡 250여 편을 남겼으며, 『삼총사』와 『몬테크리스토 백작』은 이후 300여 편의 영화로도 만들어졌다.

"수술 환자에게 마취제 대신 뒤마의 소설을 줘라."

"뒤마의 전체 작품을 다 읽은 사람은 아무도 없지만, 온 세계 사람이 뒤마의 작품을 읽었다."

이런 말들은 당시 그의 인기가 얼마나 대단했는가를 말해준다.

뒤마는 작품의 대중적인 성공으로 큰 재산을 모았으나 낭비벽으로도 유명했다. 파리 교외에다 호화로운 몬테크리스토 별장을 세우기도 했는데, 당대 또 한 명의 낭비가였던 발자크가 '미친 짓'이라고 투덜거렸을 정도다. 뒤마에게는 그의 문학적 재능을 이어받은 아들이 있었는데, 그 또한 자신처럼 사생아였다. 『춘희』의 작가로 알려진 뒤마 2세로, 아버지는 대 뒤마, 아들은 소 뒤마로 불린다.

실화를 바탕으로 쓰인 『몬테크리스토 백작』

뒤마의 대표작 중 하나인 『몬테크리스토 백작』은 정치적 음모에 휘말린 한 청년의 사랑과 배신, 모험, 복수를 그리고 있다. 실제 이야기를 모티브로 하고 있는데, 1807년 프랑수아 피코라는 청년이 약혼녀를 탐한 친구의 음모로 영국의 스파이라는 누명을 쓰고 감옥에 갇힌다. 이 기사를 읽은 뒤마가 파리 경찰 기록보관소를 뒤진 끝에 쓰게 된 소설이 『몬테크리스토 백작』이다.

이 소설은 잔인하고 퇴폐적인 서구 문명의 이면을 담아냈는데, "인간의 본질은 죄를 싫어한다. 그러나 문명은 우리들에게 욕망을 갖게 하며, 우리의 선량한 본질을 깔아뭉개고 우리를 나쁜 쪽으로 인도한다"라는 주제를 담고 있다.

순수하여 남을 의심할 줄 모르는 다정다감한 청년인 일등항해사 에드몽 당테스. 그는 선장이 죽자 19세의 나이에 후계자가 된다. 또한 그에게는 아름답고 상냥한 약혼녀 메르세데스가 있어 한없이 행복했다. 그러나 당테스를 질투한 이 배의 회계사 당글라르는 메르세데스를 짝사랑하는 페르낭을 부추겨 당테스를 역적 나폴레옹파의 스파이로 밀고한다. 파라옹호에서 일등항해사로 일하던 당시, 나폴레옹과 친분이 있었던 모렐 선주의 부탁으로 엘바섬에 들른 일을 가지고 반역죄로 몬 것이다.

　당테스는 가장 행복해야 할 결혼식 피로연에서 영문도 모른 채 끌려간다. 거기에 검사 대리인 빌포르의 음모까지 더해져 그는 종신형을 선고받고 마르세유 앞바다의 고독한 섬 이프의 감옥에 갇힌다. 당테스는 감옥에서 파리아 신부라는 늙은 수인을 만나게 되고, 옆방과 비밀 통로를 만들어 시간만 나면 그에게 건너가 대화를 나누며 많은 지식을 얻게 된다. 그의 억울한 이야기를 들은 파리아 신부가 말한다.

　"문명은 인간에게 욕망을 주고, 죄악을 주고, 욕심을 주며, 악의 길로 이끌어가곤 하지. '범인을 찾으려거든 우선 그 범죄로 이득을 볼 사람을 찾으라'는 격언이 거기서 나온 말이야. 자네가 없으면 이득을 볼 사람은 누구지?"

신부의 도움으로 범인을 추리해낸 당테스는 복수심에 불탄다. 두 사람은 함께 탈옥할 준비를 했지만, 파리아 신부는 그에게 몬테크리스토섬에 숨겨진 보물의 비밀을 알려주고 숨을 거둔다. 폭풍우가 몰아치는 밤, 당테스는 바다에 던져질 시체 주머니에 파리아 신부 대신 들어가 지옥의 섬에서 탈출하는 데 성공한다. 억울하고 고통스러웠던 14년의 세월이 끝나는 순간이었다.

당테스는 지중해에 위치한 몬테크리스토섬으로 가서 보물을 입수한 뒤 고향으로 돌아온다. 고향에 돌아온 그는 사랑하는 아버지가 굶주리다 돌아가셨다는 것을 알게 된다. 당글라르는 성공하여 은행장이 되었고, 연적이었던 페르낭은 백작이 되어 정계에서 활약하면서 메르세데스를 아내로 맞이했으며, 빌포르는 검찰총장으로 출세해 있었다.

막강한 재력을 손에 쥔 당테스는 이름을 바꿔 몬테크리스토 백작으로 행세하며 파리 사교계를 주름잡는 인물로 등장한다. 그리고 세 사람을 상대로 파리아 신부에게 배운 신출귀몰한 변신 기술을 활용하여 복수를 실행해나간다. 페르낭을 실각시켜

자살하게끔 하고, 빌포르 일가를 파멸에 이르게 하며, 당글라르를 파산시킨다.

복수를 끝내고 난 후, 그는 은인이었던 모렐가를 돕는다. 파라옹호 선주의 아들 막시밀리앙 모렐이 연인인 발랑틴이 죽은 줄 알고 절망하여 죽으려는 것을 막는다. 모렐이 몬테크리스토 백작에게 왜 나를 도와주느냐고 묻자 그는 대답한다.

"그건 지난날 나를, 지금의 당신처럼 자살하려는 나를 구해주셨던 분이 바로 당신 아버님이기 때문이오. 내가 당신 누이에게는 재물이 든 지갑을, 당신 아버님에겐 파라옹호를 돌려준 사람이기 때문이며, 그 옛날 어린아이였던 당신을 무릎 위에 올려놓고 놀아주던 에드몽 당테스이기 때문이오."

막시밀리앙은 그제서야 백작의 정체를 알고 발밑에 쓰러지듯 엎드린다.

당테스는 막시밀리앙과 발랑틴이 결혼할 수 있도록 도와준 후 전 재산을 파리의 가난한 사람들에게 주라는 편지를 남기고 저 멀리 수평선 끝으로 사라진다.

"내가 사랑하는 두 아이여, 이제 살아서, 부디 행복하길! 인간의 모든 지혜는 단 두 마디 말에 있다는 것을 잊지 말길! 기다리라, 그리고 희망을 가지라!"

주름진 이마, 가슴 밑바닥까지 드러나는 이글거리는 눈빛, 거만하고 자조적인 입술, 차가운 표정, 완벽한 매너와 교양을 갖춘 몬테크리스토 백작. 다정다감하고 순수했던 지난날을 도둑맞은 채 엄청난 증오와 고뇌를 안고 살아갔던 그는, 복수를 끝내고 난 후 과연 행복했을까? 그는 그저 상처 입은 허탈한 가슴을 안은 채 멀리 떠날 뿐이었다.

파리아 신부가 당테스에게 말해주었듯 우리의 본성은 죄를 싫어한다. 그러나 문명은 욕망과 욕구를 준다. 욕망과 욕구는 갈망을 낳고, 타는 갈망은 죄를 품게 한다. 그런데 우리는 자신이 얼마나 선함에서 거리가 멀어졌는지 확인이 가능하지 않다. 그것이 문명의 시대일수록, 나를 잘 파악하는 일이 철학과 과학의 기본이 되는 이유다. 우리는 그렇게 "나는 누구인가?"라는 물음 앞에 영원히 서 있는 존재들이다.

인생의 아찔한 속도에 몸을 맡긴 채 달려가야 하는 우리는, 중간중간 나를 돌아봐야 한다. 그래야 자신이 문명 속에서 어떤 발걸음을 딛고 있는지 확인할 수 있다. 그래야 발걸음의 방향을 조정하고, 속도도 조절할 수 있다. 그래야 선함을 추구할 수 있다. 이것은 당테스의 말대로 '인간이 지닌 의무사항'이다.

레프 톨스토이
「사람은 무엇으로 사는가」

✔ 천사는 세 번 미소 지었다

톨스토이가 학업을 포기한 이유

레프 톨스토이|Lev Nikolaevich Tolstoy, 1828~1910는 1828년 8월 28일 야스나야 폴랴나에서 명문인 톨스토이 백작 집안의 넷째 아들로 태어났다. 그러나 두 살 때 어머니를, 아홉 살에 아버지를 잃고 친척 손에 자랐다. 16세 때 카잔대학교 문학부 동양어학과에 입학했지만 학업에 흥미를 느끼지 못하고 방황의 시간을 보냈다.

교수들은 그에게 '배우기를 포기한 젊은이'라고 말했다. 이듬해 진급 시험에 낙제해 법학과로 옮기지만, 법학과에서도 낙제를 한다. 그러자 그는 "대학은 학문의 무덤"이라고 말하며 학업을 중도 포기한다.

대작보다 더 아꼈던 「사람은 무엇으로 사는가」

민간에 전해오는 러시아의 옛날이야기를 담은 톨스토이의 「사람은 무엇으로 사는가」는 신의 노여움을 사서 인간 세상에 내려온 천사가 구두를 만드는 가난한 부부와 함께 살아가면서 하나님의 세 가지 물음에 대한 답을 하나씩 깨달아간다는 내용을 담고 있다.

어느 날 톨스토이는 농부들에게 부탁을 받는다. 자신들은 어려운 글을 잘 읽지 못하니 이해하기 쉬운 책을 써달라는 것이었다. 「사람은 무엇으로 사는가」는 톨스토이가 농부들을 위해 집필한 쉬운 작품 중 하나다. 그는 소박하지만 삶에 대한 깊은 성찰을 담은 이 작품을 「전쟁과 평화」, 「안나 카레니나」와 같은 대작 이상으로 각별히 아꼈다고 한다.

구두 수선공 세몬은, 코트 하나를 아내와 번갈아 입어야 할 만큼 가난한 사람이다. 오랫동안 양가죽을 사서 새 외투를 만들리라 마음먹었는데 그러기 위해서는 농부에게 외상값을 받아야 했다. 그러나 빚진 사람은 돈이 없었다. 세몬은 화가 나서 가지고 있던 돈마저 술값으로 날려버린다.

　　집으로 돌아오는 길, 세몬은 교회 모퉁이에서 벌거벗은 청년을 만나게 된다. 세몬은 미하일이라고 하는 그 청년에게 옷을 입혀주고 집으로 데려온다. 세몬의 아내는 기가 막힐 노릇이었지만 곧 측은한 마음이 들어 그에게 따뜻한 음식을 차려준다. 그때 천사 미하일은 처음 미소 짓는다.

　　세몬은 미하일에게 구두 수선하는 일을 가르쳐준다. 미하일은 어떤 일을 가르쳐도 금방 배워 사흘 후에 벌써 일을 시작한다. 그 후 1년이라는 세월이 흐르고 미하일에 대한 소문이 자자해진다. 미하일만큼 모양 좋고 튼튼한 구두를 만드는 사람이 없다는 소문에 주문이 밀려들고, 세몬의 수입은 점점 늘어간다.

　　그러던 어느 날, 삼두마차 소리가 요란하더니 모피 외투를 입은 신사가 들어선다. 그는 이런 가죽은 보지도 못했을 거라며 오만한 말투로 1년을 신어도 찢어지지 않고 모양이 변하지 않는 구두를 만들어달라는 주문을 한다. 세몬은 비싼 가죽을 보며 혹시 일이 잘못되면 어쩌나 망설였지만 미하일은 주문을 받는다. 그런데 미하일이 만든 것은 주문받은 장화가 아니라 죽은 사람이 신는 슬리퍼였다.

세몬이 도대체 뭘 만들었느냐고 걱정하는데 그때 그 신사의 하인이 찾아와 말한다.

"장화는 이제 필요 없게 되었어요. 나으리는 돌아가셨으니까요. 여기서 집으로 돌아가는 중에 돌아가셨어요. 그래서 마님께서 나를 보내셨습니다. 장화는 필요 없고 죽은 사람에게 신기는 슬리퍼를 지어 오라고 말이죠."

미하일은 만들어둔 슬리퍼를 하인에게 전해주면서 두 번째 미소를 짓는다.

미하일이 세몬의 집에 온 지도 이제 6년이 되었다. 아무 데도 가지 않고 공연한 말은 한 번도 한 적 없는 미하일이 싱긋 웃은 것은 단 두 번뿐이다.

그런 어느 날, 고아가 된 두 아이를 기르는 부인이 찾아와 아이들이 신을 가죽신을 만들어 달라고 한다. 그중 한 아이가 한쪽 발에 장애가 있어 세 짝의 신발을 주문한다. 시몬이 치수를 재며 왜 소녀의 발이 이렇게 되었는지 묻자, 부인은 아이의 죽은 엄마가 소녀의 발을 우연히 짓눌러 불구가 되었다고 대답한다. 이웃에 살던 그녀가 두 아이를 임시로 맡게 되었는데, 맡아서 키우노라니 정이 들어 계속 키우게 된 것이었다. 그녀에게도 태어난 지 8주 된 아들이 있었는데, 그 아이는 일찍 죽고 만다. 부인은 이 아이들을 자기 아이처럼 사랑하며 소중하게 지금껏 키워 온 것이었다.

그때 미하일은 세 번째로 미소 짓는다. 두 아이가 잘 자란 것은 그 여인의 사랑이 있었기 때문이었다.

어떤 답을 찾을 때마다 미소 짓던 청년 천사 미하일은 이렇게 말한다.

"저는 하나님의 벌을 받고 있는 중이었는데 이제 용서받았습니다. 제가 세 번 싱긋 웃은 것은 하나님의 세 가지 말씀을 알았기 때문입니다. 한 가지 말씀은 여기 처음 오던 날, 아주머니가 저를 가엾다고 생각했을 때 깨달아서 웃었고, 또 한 가지 말씀은 부자 나으리가 장화를 주문할 때 알게 되어서 웃었습니다. 그리고 지금 두 여자 아이를 봤을 때 마지막 세 번째 말씀을 알게 되어 또 웃은 것입니다."

하나님이 던진 세 가지 질문에 대한 답은 이것이었다.

사람의 마음속에는 무엇이 있는가? 사랑.

사람에게 허락되지 않는 것은 무엇인가? 죽음.

사람은 무엇으로 사는가? 사랑…….

천사는 하늘로 날아 올라가기 전에 이렇게 말한다.

"내가 지상에서 깨달은 것은 모든 사람은 자신만을 생각하는 마음에 의하여 살아가는 것이 아니라 사랑으로써 살아간다는 것이다."

자기밖에 모르는 사람들이 넘치는 이기적인 세상이라고 말한다. 하지만 잘 살펴보면 사랑으로 살아간다는 것이 맞는 말이다. 사랑이 없다면 가족이 있을 수 없고, 사랑이 없다면 친구가 있을 수 없으며, 사랑이 없다면 의욕도, 꿈도 있을 수 없다. 사랑이 없이는 우주가 돌아가지 않는다. 그러니 사랑은 우주를 운행하는 가장 근본적인 원칙이며 원리이다.

어쩌면 미하일처럼 하늘나라에서 무슨 잘못인가를 저지르고 인간 세상에 내려와 있는 천사가 우리 주변에 있는 건 아닐까. 어디 있는지 모를 그 천사가 지금도 내 마음을 다 들여다보고서 미소 짓기도 하고 찡그리기도 하는 건 아닐까.

하루 한 편,
세상에서 가장 짧은
명작 읽기 1

초판 1쇄 발행 2020년 9월 29일 **초판 2쇄 발행** 2023년 9월 27일

지은이 송정림
펴낸이 이승현

출판2 본부장 박태근
스토리 독자 팀장 김소연
편집 이은정

펴낸곳 ㈜위즈덤하우스 **출판등록** 2000년 5월 23일 제13-1071호
주소 서울특별시 마포구 양화로 19 합정오피스빌딩 17층
전화 02) 2179-5600 **홈페이지** www.wisdomhouse.co.kr

ⓒ 송정림, 2020

ISBN 979-11-90908-98-6 03800
ISBN 979-11-90908-99-3 (세트)

* 이 책은 『명작에게 길을 묻다』(갤리온, 2006)의 전면 개정판입니다.
* 이 책의 전부 또는 일부 내용을 재사용하려면 반드시 사전에 저작권자와 ㈜위즈덤하우스의 동의를 받아야 합니다.
* 인쇄·제작 및 유통상의 파본 도서는 구입하신 서점에서 바꿔드립니다.
* 책값은 뒤표지에 있습니다.